LES BEAUX MESSIEURS
DE BOIS-DORÉ

DRAME

Représenté pour la première fois, à Paris, sur le théâtre de l'Ambigu,
le 26 avril 1862.

POISY. — TYP. ET STÉR. DE A. BODRET.

LES BEAUX MESSIEURS

DE BOIS-DORÉ

DRAME EN CINQ ACTES

PAR

GEORGE SAND ET PAUL MEURICE

PARIS

MICHEL LEVY FRÈRES, LIBRAIRES ÉDITEURS

RUE VIVIENNE, 2 BIS, ET BOULEVARD DES ITALIENS, 15

A LA LIBRAIRIE NOUVELLE

—

1867

A M. DE CHILLY

DIRECTEUR DU THÉATRE DE L'AMBIGU

« Cher Monsieur,

« J'ai approuvé et goûté sans restriction le drame que M. Paul Meurice a fait pour votre théâtre avec mon roman *les Beaux Messieurs de Bois-Doré;* mais j'avais quelque scrupule d'y laisser mettre mon nom. Vous me dites que ce scrupule est exagéré, et que l'auteur du roman peut, sans équivoque, signer la pièce avec l'auteur de la pièce; vous me dites surtout que retirer mon nom donnerait lieu à de fausses interprétations. C'est pourquoi je n'hésite plus, et me voilà charmée de donner à M. Paul Meurice témoignage de bonne et littéraire fraternité.

« Agréez mes affectueux sentiments.

« GEORGE SAND. »

Paris, le 5 avril 1862.

1

LES BEAUX MESSIEURS

DE BOIS-DORÉ

PERSONNAGES

SYLVAIN, MARQUIS DE BOIS-DORÉ. . . .   MM. Bocage.

JOVELIN. . . . .   Paul Bondois.

SCIARRA, COMTE D'ALVIMAR. . . . .   Castellano.

DE BEUVRE. . . . .   Machanette.

GUILLAUME D'ARS. . . . .   Paul Clèves.

DE LUCENAY, lieutenant général du Berry. . . . .   Vaillant.

ADAMAS, intendant de Bois-Doré. . . . .   Hoster.

CLINDOR, son filleul. . . . .   Moretteau.

GUILBERT, chef des musiciens . . . .   Gay.

ARISTANDRE, jardinier.. . . . .   Jules.

LAURIANE DE BEUVRE. . . . .   Mlles Adèle Page.

MARIO. . . . .   Jane Essler.

Une Camériste, Musiciens, Pages, Valets.

En 1617. — Au château de Briantes, dans le Berry.

———————

S'adresser, pour la musique, à M. Al. Artus, chef d'orchestre, et pour la mise
en scène (imprimée), à M. Masson, souffleur, au théâtre de l'Ambigu

LES BEAUX MESSIEURS

DE BOIS-DORÉ

ACTE PREMIER

Un parc dans le goût du temps de Louis XIII. Au fond, un portique de feuillage. A droite, une sorte de dais de verdure tout enguirlandé. Le chiffre L partout écrit avec des fleurs. La forme du terrain indique qu'on est sur une hauteur.

SCÈNE PREMIÈRE.

ADAMAS, CLINDOR, ARISTANDRE, et d'autres JARDI-NIERS en train d'achever la décoration des arbres, d'attacher des chiffres et des guirlandes; MAITRE GUILBERT; VALETS, courant çà et là, affairés.

ADAMAS, entrant.

Courage, mes enfants! achevons vite nos apprêts. Il s'agit de faire honneur au service de notre excellent maitre, M. le marquis de Bois-Doré, pendant cette semaine de fêtes, où le château de Briantes va recevoir madame Lauriane et son père, M. le lieute-nant général du Berry, enfin tant de nobles hôtes, la fleur de la province! (A un palefrenier.) Toi, tu vas te poster au bas du raidillon avec les deux palefreniers pour prendre et emmener à mesure les chevaux des arrivants. (Sort le valet. — A Aristandre, qui descend d'une

ADAMAS.

Où as-tu pris ces sornettes? Il est bien vrai que monseigneur est excellent, et qu'il est richissime. Mais s'il s'ennuie, c'est parce qu'il est seul au monde, et qu'il pleure encore son frère, le jeune monsieur Florimond, le comte de Bois-Doré.

CLINDOR.

Oui, celui qui a été assassiné, avec sa femme et son fils, par des bandits, on n'a jamais su ni où ni quand?

ADAMAS.

Alors comment aurait-on pu savoir que c'était par des bandits? Le jeune comte a, depuis sept ans, disparu avec sa femme et son enfant; mais dans quelle embûche, dans quel naufrage, par quel accident de sa vie errante? aucun indice ne l'a jamais découvert : voilà la vérité. — Quant à l'eau de Jouvence...

CLINDOR.

Ah! c'est ça, de Jouvence!

ADAMAS, avec colère, marchant sur Clindor qui recule.

Monsieur le marquis n'en a pas besoin, benêt! par la raison que monsieur le marquis est jeune, jeune par la vigueur du corps non moins que par la chaleur du cœur, aussi jeune et plus jeune, entends-tu, que n'importe quel jeune homme!

CLINDOR.

Ne vous fâchez point, parrain! Mais alors pourquoi l'attifer d'une perruque noire et lui peinturlurer les joues?

ADAMAS, avec embarras.

Pourquoi? pourquoi?... Eh! précisément parce que certaines fausses apparences pouvant tromper les yeux sur sa jeunesse, il est juste qu'un peu d'art vienne réparer les mensonges de la nature.

CLINDOR.

Ah! c'est autre chose!

ADAMAS.

A présent, écoute, je vais te donner une grande marque de confiance. Je te réserve, à toi, la garde et le service du pavillon qu'habitera, seule avec ses femmes, madame Lauriane de Beuvre.

CLINDOR.

Madame Lauriane! oh! justement la personne la plus intéressante! merci, parrain! — C'est elle, pas vrai, qui s'est mariée à onze ans, avec son cousin germain qui en avait douze, et qui, un an après, était veuve?

ADAMAS.

C'est elle.

CLINDOR.

Pour lors, son petit mari lui est apparu pour lui faire défense de se remarier, sous peine qu'elle mourrait le jour de ses secondes noces.

ADAMAS.

Nigaud! c'est bien madame Lauriane qui d'elle-même a refusé tous les prétendants. Mais son beau-père, qui était en même temps son oncle paternel, ne voulant pas que sa famille s'éteigne avec elle, lui a enjoint par son testament d'avoir à se remarier dans l'année; sinon tous ses biens passeront à je ne sais quelle communauté. L'année expire ces jours-ci; de sorte que, cette semaine et dans ce château, la reine de beauté du Berry va choisir son mari parmi les trois ou quatre soupirants qu'elle n'a pas tout à fait éconduits.

CLINDOR.

Oh! alors il y aura de quoi ouvrir les yeux! (Son de cor au loin.)

ADAMAS.

Tiens, justement, tu vois ces deux cavaliers qui mettent pied à terre à la poterne de la terrasse?

CLINDOR.

Ils sont magnifiques!

ADAMAS.

Deux des prétendants de madame Lauriane : monsieur Guillaume d'Ars, un cousin de monsieur le marquis, et, je suppose, certain monsieur d'Alvimar, un raffiné de Paris, un grand ami du ministre Concini, qui, par parenthèse, n'est guère le nôtre. Ce sont, comme de juste, deux irrésistibles conquérants! Ah! ah! mes jouvenceaux, espérez, faites des rêves, disputez-vous cette conquête! vous allez trouver un vainqueur que vous n'attendiez pas!

1.

CLINDOR.

Oh! qui donc? qui donc?

ADAMAS.

Tu verras. (Sort Clindor.)

SCÈNE II.

ADAMAS, D'ALVIMAR, GUILLAUME D'ARS.

D'ALVIMAR, entrant, à Guillaume.

... Allons! c'est un mauvais présage, vous dis-je!

GUILLAUME.

Bah! mon cher d'Alvimar, cet enfant pouvait être tout simplement ébloui par nos beaux habits.

D'ALVIMAR.

Trop ébloui, Guillaume! Vous avez vu l'autre mécréant qui s'est tout à coup dressé derrière lui.

GUILLAUME, riant.

Oh! celui-là avait la mine fière d'un prince! — Adamas! Ah! bonjour, Adamas! Comment se porte mon cher cousin Bois-Doré?

ADAMAS.

A merveille, monsieur d'Ars... Mais pardon! qu'est-ce que j'entends? Auriez-vous fait en venant quelque fâcheuse rencontre?

GUILLAUME.

Non, Adamas. C'était un petit mendiant, je crois, — et cependant, quand j'ai jeté à cet enfant une pièce de monnaie, il ne l'a pas ramassée; mais il s'est mis à courir auprès du cheval de d'Alvimar, en regardant fixement et avidement mon ami, comme s'il eût voulu le reconnaître à jamais.

D'ALVIMAR.

Et j'avais beau le chasser de la parole et du geste, — car je n'aime pas les enfants et les effrontés, — il s'obstinait à courir jusque sous le poitrail de mon cheval, au risque d'être écrasé vingt fois, et ses yeux perçants toujours rivés à mon visage.

GUILLAUME.

Jusqu'à ce qu'enfin un sien compagnon, voyant le péril, se soit élancé et l'ait entraîné résistant encore.

ADAMAS.

Alors vos seigneuries jugent inutile qu'on fasse rechercher ces gens?

D'ALVIMAR.

Certes! je n'ai nulle envie de les revoir. — Laissons cela, de grâce.

GUILLAUME.

C'est sur cette plate-forme, à ce que je vois, Adamas, qu'aura lieu la solennelle réception de madame Lauriane.

ADAMAS.

Oui, monsieur. Mais vos seigneuries daigneront-elles, en attendant, venir se reposer au château? Monsieur de Bois-Doré, qui achève sa toilette, sera charmé de les recevoir.

GUILLAUME.

Et moi j'ai hâte de lui serrer la main. Venez-vous, d'Alvimar?

D'ALVIMAR, avec trouble.

Ah! entrer au château!... déjà!... — Non! allez sans moi, Guillaume, je vous prie.

GUILLAUME.

Eh! pourquoi ne m'accompagnez-vous pas?

D'ALVIMAR.

Puisque le rendez-vous est ici, je préfère attendre sous ces ombrages.

GUILLAUME.

Adamas, je resterai donc avec mon ami. Je tiens à le présenter moi-même à mon cousin. (Il remonte en échangeant encore quelques mots avec Adamas, qui sort.)

D'ALVIMAR, à lui-même.

Ah! je ne sais pas pourquoi je recule et j'hésite toujours : on ne va pas, sous mon nom de d'Alvimar, deviner mon nom de Sciarra!

SCÈNE III.

D'ALVIMAR, GUILLAUME, puis MARIO.

GUILLAUME, riant.

Il n'y a pas à dire, cher comte, vous éprouvez une véritable répugnance à devenir l'hôte de cet excellent marquis!

D'ALVIMAR.

Non certes! mais je me dis que monsieur de Bois-Doré ne me connaît pas même de nom.

GUILLAUME.

Oh! pour le comte d'Alvimar voilà une belle raison! Et pourtant avez-vous assez résisté à monsieur de Beuvre quand il a tenu à vous amener ici! Depuis plus de trois mois, il avait promis et juré à son vieux camarade Bois-Doré que les fiançailles de sa fille ne s'accompliraient pas ailleurs que dans ce château de Briantes; vous avez donc été forcé, bon gré mal gré, de l'y suivre. Mais vive Dieu! pour triompher de vos obstinés refus, il n'a pas fallu moins que la violence de votre amour!

D'ALVIMAR.

Amour violent, c'est vrai, Guillaume, et qui passerait par-dessus bien d'autres obstacles! D'ailleurs, — je ne l'ai caché ni à vous, mon généreux rival, ni à monsieur de Beuvre lui-même, — cet amour, s'il était accepté, ne serait pas seulement pour moi le bonheur, ce serait le salut. J'ai été riche, Guillaume, mais j'ai follement dissipé l'héritage de ma mère; de plus, bien qu'en faveur auprès de la régente, je suis toujours en France un étranger. Une alliance avec la maison de Beuvre relèverait ma fortune, me donnerait des racines...

GUILLAUME.

Prenez garde, mon timide rival! elle vous ferait aussi le commensal forcé et presque le parent de Bois-Doré; car on peut dire que, par l'amitié, les deux familles n'en font qu'une.

D'ALVIMAR.

Oh! je ne suis pas si effrayé de me lier à lui, de le lier à moi!... (Comme à lui-même, d'un ton significatif.) au contraire!

GUILLAUME.

Eh bien, alors reprenez donc cette aisance supérieure que j'admirais tant à Paris et à Bourges! En vérité, quand vous m'avez introduit, moi pauvre provincial, au cercle de la Reine, j'étais, je crois, moins effarouché que vous ne l'êtes, depuis que vous avez mis le pied sur les domaines de Bois-Doré! (Riant.) Comment! l'aspect d'Adamas vous interdit, la rencontre d'un petit quémandeux vous trouble...

D'ALVIMAR.

Oh! me trouble!...

GUILLAUME.

Eh! oui, car si vous aviez gardé votre sang-froid, il eût été piquant de savoir pourquoi diable un petit bohémien berrichon vous contemplait avec cette frénésie.

MARIO, écartant les branches d'un buisson à droite.

A tout risque, il faut que je lui parle.

GUILLAUME.

Ah pardieu! je crois que je vais en avoir le cœur net. Cette fois, petit fuyard, tu ne t'échapperas pas.

D'ALVIMAR.

Encore ce maudit enfant!

MARIO.

Je ne cherche pas à m'échapper, monseigneur; je suis venu volontairement.

D'ALVIMAR.

Guillaume, laissez ce drôle.

GUILLAUME.

Non, non, je veux en tirer pied ou aile. — Tu viens volontairement, petit? Qu'est-ce qui t'amène? Qu'as-tu à dévorer des yeux ce gentilhomme?

MARIO.

Je voudrais... je voudrais savoir son nom.

GUILLAUME, riant.

Eh! pourquoi faire?

MARIO.

Pour pouvoir parler de lui au bon Dieu, quand je le prie.

GUILLAUME.

Oh! il n'est pas besoin de le nommer, garçonnet; Dieu connaît nos noms comme nos cœurs.

MARIO.

Oui, heureusement il connaît tout. — Mais par grâce, daignez me dire... — c'est dans ce château que je me rendais avec mon compagnon... — est-ce vous qui en êtes le maître? ou si c'est ce cavalier?

D'ALVIMAR.

Allons, Guillaume, répondez donc à ses questions!

GUILLAUME.

Oh! il faut d'abord qu'il réponde aux miennes. Pourquoi nous suit-il ainsi tout haletant et tout frémissant? Pourquoi?

D'ALVIMAR.

Eh! quel besoin avons-nous de le savoir?

MARIO.

Moi, je voudrais ne pas le dire.

GUILLAUME.

Alors, passe ton chemin.

MARIO, vivement.

Eh bien, je le dirai! je le dirai! Je me figurais, — je me figure avoir rencontré déjà ce gentilhomme, et il faut absolument que je m'assure si c'est lui ou non.

D'ALVIMAR.

Pour le coup, assez! Vous êtes d'humeur endurante, Guillaume! mais moi, la patience m'échappe. Je ne suis pas le maître dans ce château, mais j'y suis l'hôte, et, je t'en chasse, vipère. Hors d'ici, petit espion! hors d'ici!

JOVELIN, s'avançant tranquille.

Allons! monsieur, soyez sans crainte...

SCÈNE IV.

LES MÊMES, JOVELIN.

D'ALVIMAR.

L'autre païen!

JOVELIN,

... Il n'y a aucun danger.

D'ALVIMAR.

Çà! tu veux que je te chasse aussi, toi!

JOVELIN.

Plaît-il?

GUILLAUME.

D'Alvimar...

MARIO, saisissant le nom.

D'Alvimar!

GUILLAUME.

... Cóntenez-vous, au nom du ciel!

D'ALVIMAR.

Eh! n'entendez-vous pas que ce mendiant essaye de m'insulter, comme s'il avait au côté une épée.

JOVELIN.

Je me figure quelquefois que j'en ai une, c'est vrai. Quoi qu'il en soit, je ne mendie point. Je ne vous ai pas non plus insulté, j'en prends à témoin votre ami. Je vous parle sans peur, mais sans insolence. J'accompagne cet enfant que j'ai promis de conduire à Paris. A votre vue, il paraît qu'il a été frappé d'un souvenir, et, par deux fois, il m'a glissé des mains pour courir après vous et vous mieux regarder. Je vous trouve le chassant et le malmenant et tout hors de vous, et je vous dis simplement de ne rien craindre; il n'y a pas autre chose.

D'ALVIMAR, à Guillaume.

Il s'imagine, en vérité, que je tremble devant eux!

JOVELIN.

Oh! je vois ce que vous êtes et je me rappelle ce que nous

sommes : d'humbles pèlerins qui achevons péniblement un long voyage, non en demandant l'aumône, mais en gagnant comme nous pouvons notre pain. L'autre jour, à Lyon, des musiciens que nous avons rencontrés nous ont dit qu'ils étaient attendus dans ce château pour des fêtes qui allaient y avoir lieu, et ils nous ont demandé de les y rejoindre; car j'ai quelque connaissance des instruments et des voix, et Mario, mon petit compagnon, chante agréablement. Le hasard a voulu que nous arrivions ici en même temps que vos seigneuries. Nous, à pied, poudreux, harassés, armés en tout d'une mandoline, l'enfant exténué de jeûne et de fièvre; — vous deux, bien montés, bien armés, l'épée au côté, en hôtes et en maîtres, et n'ayant qu'un mot à dire pour nous faire expulser par les valets. Il est donc bien certain qu'il n'y a pas l'ombre d'une comparaison possible entre vous gentilshommes et nous... misérables. Mais il est certain aussi, monsieur, que la vue de Mario vous a troublé plus que de raison, et que vous avez paru plus inquiété de son regard innocent qu'il n'a paru intimidé de votre regard furieux.

D'ALVIMAR.

Ah! c'est trop d'audace! Allons! décampez, vagabonds, ou bien...

MARIO, effrayé.

Jovelin!

JOVELIN, avec calme.

Rassure-toi, mon enfant.

GUILLAUME.

D'Alvimar! vous ne voudriez pas maltraiter ces pauvres meurt-de-faim.

D'ALVIMAR.

Qui m'en empêcherait?

GUILLAUME.

Eh! vous-même.

D'ALVIMAR, mettant sa bourse dans la main de Guillaume.

Eh bien, tenez, donnez-leur de l'argent, mais qu'ils s'en aillent! je veux qu'ils s'en aillent! et qu'ils ne mettent pas le pied dans la maison où je vais entrer!

GUILLAUME, à Jovelin.

Partez! vous voyez qu'il n'est pas maître de lui.

JOVELIN.

Je le vois en effet, monsieur, et je pars, et si j'étais seul je n'en ferais que sourire. Mais cet enfant est depuis le matin à jeun et en marche. (Guillaume lui tend la bourse.) Oh! vous pensez bien que je n'accepte pas votre argent.—Allons, mon petit Mario, on nous met à la porte, il n'y a pas à dire. Un peu de courage, et en route! Nous trouverons bien quelque gîte plus hospitalier. — Monsieur, je vous prie seulement de faire dire au chef des musiciens que Jovelin, sur lequel il comptait, ne pourra venir, et que ce n'est pas absolument sa faute. Je vous salue. — En route, petit regardeur indiscret, et appuie-toi sur moi. Aussi, voilà ce que c'est, pourquoi as-tu l'air si terrible! (Ils sortent.)

SCÈNE V.

D'ALVIMAR, GUILLAUME.

D'ALVIMAR.

Décidément, vous ne me reconnaissez plus, n'est-ce pas, Guillaume? Je me suis oublié, c'est vrai, mais voilà que je me retrouve.

GUILLAUME.

Oh! oui, redevenez vous-même. Ces pauvres gens ne sont pas loin, l'enfant se soutenait à peine; permettez que je les rappelle.

D'ALVIMAR.

Non! laissez-les aller. On a ses préjugés, mon ami : je suis Espagnol, et j'ai dans le sang l'horreur instinctive de tous ces bohémiens et zingares.

GUILLAUME.

Mais ceux-là n'étaient pas de cette race abjecte. Avez-vous remarqué le langage et l'attitude de ce Jovelin? Je sentais en lui comme un égal.

D'ALVIMAR.

Eh bien, justement parce que j'ai peut-être eu tort envers eux, ne me les remettez pas en face.

GUILLAUME.

Allons! comme vous voudrez. Plaise à Dieu seulement que Bois-Doré ne sache pas à quel point nous avons compromis son renom d'hospitalité! — Ah! tenez, le voici qui vient vers nous. Vous vous rappelez ce que je vous ai dit, n'est-ce pas? vous respecterez les innocentes manies où l'ont conduit le vide et la tristesse de son cœur?

D'ALVIMAR.

Soyez tranquille! Quel âge peut-il avoir, ce don Quichotte de l'amour?

GUILLAUME.

Eh! eh! quelque soixante-dix ans.

D'ALVIMAR.

Eh bien, donnons-lui en trente : il sera aussi jeune que moi.

SCÈNE VI.

LES MÊMES, BOIS-DORÉ, habillement magnifique aux couleurs claires, perruque et moustaches noires, fard aux joues, bagues aux doigts, rubans partout; une longue canne à la main. ADAMAS l'accompagne. Deux pages le précèdent, deux autres le suivent.

BOIS-DORÉ, qui achève de mettre ses gants en marchant.

Salut, mon cher Guillaume, et excusez mon retard.

GUILLAUME.

Mon cousin, monsieur le comte d'Alvimar, mon ami.

BOIS-DORÉ, retirant son gant à moitié mis.

Pardieu! monsieur, laissez-moi vous tendre ma main nue et ouverte pour plus cordiale bienvenue.

D'ALVIMAR, d'une voix altérée.

Monsieur le marquis... cet accueil...

BOIS-DORÉ.

Il paraît, messieurs, que vous avez devancé madame Lauriane?

(Adamas lui remet un flacon, puis un drageoir.)

Elle a voulu qu'on évitât de lui faire cortége. Son père seul la précède avec monsieur de Lucenay. Ils nous suivaient à très-peu de distance.

Dieu merci! nos quelques préparatifs sont à peu près terminés, n'est-ce pas, Adamas? (Adamas fait un signe affirmatif, et sort peu après.)

Ils s'annoncent splendides et conformes à la plus galante bergerie.

Ah! cette maison a eu de belles fêtes. Mais elle est bien déshéritée du bruit et de la joie, depuis la mort de notre roi Henri, de douce mémoire! Il s'est fait successivement trois vides affreux dans ma vie : le premier quand j'ai perdu ma mère, le second quand j'ai perdu mon grand roi, le troisième quand j'ai perdu mon jeune frère.

Son frère!...

Et il y a surtout cela de douloureux que ces trois chères personnes moururent de mort violente : mon roi assassiné, ma mère d'une chute de cheval, et mon frère... Oh! mais pardon! où ai-je l'esprit de me laisser aller à mes tristes souvenirs? Parlons plutôt de vous, de vos triomphes, monsieur d'Alvimar, de vos espérances, mes amis, des choses qui sont de votre âge.

Eh! mais notre âge ne me paraît pas si éloigné du vôtre.

Oh! je suis votre aîné, messieurs, je dois être votre aîné! Mais je conviens que le cœur est encore ardent et jeune.

Le bruit court que les nymphes de ces rivages le redisent souvent entre elles.

Chut! pourquoi vous plaisez-vous toujours, mon cher Guillaume, à me tourmenter à ce sujet? Que savez-vous, voyons, de mes prétendues aventures? (A d'Alvimar.) Je parie qu'il lui serait impossible de dire seulement un nom.

GUILLAUME, à part.

Je le crois, et pour cause!

D'ALVIMAR.

Tout le monde est d'accord qu'en fait de chaste discrétion, Sylvandre lui-même n'en remontrerait pas à Sylvain de Bois-Doré.

BOIS-DORÉ, avec bonhomie.

Ah! si vous me citez l'*Astrée!* on connaît donc toutes mes faiblesses! — Mais vous-mêmes, vous deux qui parlez, n'êtes-vous point de véritables héros de désintéressement?

GUILLAUME.

En quoi donc?

BOIS-DORÉ.

Vous brûlez d'amour pour la même beauté, pour cette ravissante Lauriane, et, au lieu de vous combattre et de vous haïr comme des rivaux vulgaires, vous êtes convenus de vous soumettre respectueusement au choix de votre dame et de rester amis fidèles après comme avant son jugement? Est-ce vrai?

GUILLAUME.

C'est vrai; mais nous y avons l'un et l'autre moins de mérite que vous ne pensez.

BOIS-DORÉ.

Comment cela?

GUILLAUME.

D'abord, je suis, moi, l'obligé de d'Alvimar. J'arrivais à Paris et à la cour inconnu et dépaysé. Il m'a présenté, patronné, servi, lui l'ami et le bras droit du maréchal d'Ancre! Ne serais-je pas bien ingrat d'apporter de la haine dans une lutte dont il n'est pas d'ailleurs la cause?

BOIS-DORÉ.

Bien pour vous! mais alors monsieur d'Alvimar n'en est que plus louable...

GUILLAUME, riant.

De ne pas me tenir rancune de sa victoire certaine?

D'ALVIMAR.

Oh! de ma victoire certaine!...

GUILLAUME.

Eh! mon ami, il est clair qu'aux fêtes de Bourges vous avez
éclipsé tous nos astres de province, et que madame Lauriane l'a su
et l'a vu ; il est évident que déjà monsieur de Beuvre ébloui ne
jure que par vous. Si donc il ne se présente pas quelque nouvel et
plus redoutable adversaire, il faut reconnaître que vous avez pour
vous toutes les chances.

BOIS-DORÉ.

Quoi ! Guillaume, vous acceptez ainsi d'avance votre défaite et
celle de la province ?

GUILLAUME.

Il faut bien que je m'y prépare. Et cependant j'y ai quelque
vertu, et ce n'est pas sans effort que je m'arracherai de l'âme le
mystérieux charme que Lauriane y a jeté.

BOIS-DORÉ.

Le charme ! vous dites bien, ami... le charme ! c'est le mot qui
convient à la douce magie de cette fée. Mais ce charme n'est nullement mystérieux, Guillaume : savez-vous comment il s'appelle ?
la bonté. Voilà tout le secret, Lauriane est bonne. Et c'est pourquoi sa grâce n'est pas seulement humaine, elle semble céleste. On
ne l'a pas plutôt vue qu'on se sent en présence d'une créature an-
gélique et faite pour consoler. En ce triste monde, on a beau pa-
raître heureux ou se dire puissant, chacun a son trouble, son
remords ou sa peine. Eh bien, qu'on se rende compte ou non de
l'heureuse influence, sa voix, la voix de Lauriane, ramène dans le
cœur l'harmonie, son regard la lumière, son sourire l'espérance.
On est tenté de croire qu'elle vient à vous de la part de Dieu, pour
apaiser, pardonner ou plaindre. Elle est bonne ! ne cherchez rien
au delà, elle est bonne ! Et comme la fleur est deux fois belle quand
elle a le parfum, la femme est deux fois charmante quand elle a
la bonté.

D'ALVIMAR.

Vive Dieu ! savez-vous, monsieur, que vous en parlez comme
un homme épris !

GUILLAUME.

Diantre! prenons-y garde, d'Alvimar! c'est que le marquis serait un formidable rival!

BOIS-DORÉ.

Ah! ah! jeunes gens, la lice est ouverte et la lutte courtoise; usez de vos avantages. (Son de cor.) Ah! déjà monsieur de Beuvre! Madame Lauriane ne doit pas être loin. — Usez de vos avantages, jeunes gens!

GUILLAUME, bas à d'Alvimar.

Bonté divine! est-ce qu'en plaisantant j'aurais deviné juste,

SCÈNE VII.

LES MÊMES, DE BEUVRE et DE LUCENAY.

BOIS-DORÉ.

Monsieur de Lucenay, ce m'est un grand honneur de recevoir le lieutenant du jeune roi Louis XIII, mon maître.

DE LUCENAY.

Ma joie n'est pas moindre d'être reçu par le bon compagnon du roi Henri.

BOIS-DORÉ.

Mon cher de Beuvre...

DE BEUVRE, l'interrompant.

Ne faites point de faux frais d'éloquence, mon cher Sylvain : ma fille n'est pas là encore, et ce n'est pas pour moi, je suppose, que vous avez préparé votre discours.

BOIS-DORÉ, riant.

Si fait bien, mon ami! vous avez le vôtre. — Mon cher de Beuvre, vous êtes le plus brave cœur, mais aussi l'esprit le plus taquin du monde. J'ai donc à vous demander, tant que vous me ferez la grâce de demeurer dans ma maison, j'ai à vous demander... de ne déranger en rien vos habitudes, d'agir et de parler en toute liberté de coups de boutoir et d'épigrammes, et de vous persuader que vous êtes ici plus que chez vous, étant chez votre meilleur ami.

DE BEUVRE.

Ah ! bien paré, mon vieux compagnon ! et j'aurai certes moins envie de vous attaquer si vous avez l'habileté de ne pas vous défendre. Pour commencer, je vous ai gardé votre beau secret, vous savez ? et si vous avez fait de sages réflexions...

BOIS-DORÉ.

Oh ! je n'ai pas encore la prétention de la sagesse !

DE BEUVRE.

Bah ! vous avez déjà le commencement de la modestie... (Musique dans la coulisse.) Eh ! qu'est-ce que cette musique ?

SCÈNE VIII.

Les Mêmes, LAURIANE, MARIO, JOVELIN, ADAMAS;
Pages, Valets, Jeunes Filles présentant des fleurs.

ADAMAS, annonçant.

Madame Lauriane de Beuvre.

LAURIANE.

Oh ! mais, cher marquis, j'arrive comme dans un rêve ! Est-ce donc pour moi cette réception royale ? Une symphonie, des arcs, des fleurs !

BOIS-DORÉ.

Nous n'y sommes pour rien, divine Lauriane. C'est tout simplement, à votre approche, l'air qui se fait musique et la terre qui se fait parfum.

LAURIANE, riant.

Oui-da, tout simplement ! (Elle a tendu la main à Bois-Doré, qui la lui baise.) Messieurs, je vous salue. — Eh bien, tenez, pour remercier votre maison de la grâce de son accueil, je lui apporte une bonne action.

BOIS-DORÉ.

Vous voyez, c'est comme la musique !

LAURIANE.

Regardez ce pauvre enfant...

D'ALVIMAR, bas à Guillaume.

Ah ! c'est donc une fatalité !

LAURIANE.

Je l'ai trouvé évanoui sur le bord du chemin, évanoui de souffrance, (baissant la voix) d'inanition peut-être, et je vous donne l'oisillon à réchauffer et à ranimer.

BOIS-DORÉ.

Merci ! (Appelant.) Vite ! Adamas !

MARIO, à Lauriane.

Oh ! ne m'éloignez pas encore de vous, madame ! ne m'éloignez pas !

JOVELIN, s'avançant.

C'est vrai, il n'y a plus à se hâter ; car madame n'a pas tout dit. Mon petit compagnon venait de défaillir subitement dans mes bras, et, tout éperdu, je courais çà et là, je criais, j'appelais, lorsque, revenant vers l'enfant, j'ai vu, près de lui... ce que j'ai pris d'abord pour la figure de la Charité. La belle jeune dame se penchait sur lui, et, au milieu de femmes s'empressant à ses ordres, lui baignait les tempes, versait un cordial sur ses lèvres, et lui rompait le pain, et lui offrait des fruits, et surtout lui parlait et le regardait. Oh ! l'enfant est revenu à lui tout de suite ; le voilà debout et ranimé ; et maintenant il n'a plus besoin, madame, que de vous voir et de vous remercier encore.

LAURIANE, à Mario.

Eh bien, mon enfant, voulez-vous rester près de moi tant que je serai ici ?

MARIO.

Si je le veux !

BOIS-DORÉ, à Jovelin.

Est-ce au château que vous veniez tous les deux ?

JOVELIN.

Oui, monsieur le marquis (car je vois que je parle au maître) ; je m'appelle Jovelin ; j'ai été engagé à mon passage à Lyon par le chef de vos musiciens, maître Guilbert.

BOIS-DORÉ.

En effet, il m'a parlé de vous et de votre talent, et je vous attendais; mais puisque vous arrivez sous de si favorables auspices, soyez deux fois les bienvenus. — Maintenant, madame et châtelaine, quand il vous plaira monter au château?

DE BEUVRE.

Eh quoi! mon éloquent ami, est-ce là toute votre harangue?

BOIS-DORÉ.

Oui, pour le moment, mon malicieux ami.

DE BEUVRE.

Oh! oh! vous êtes devenu bien craintif. Mais moi qui n'ai pas de raisons pour l'être, je voudrais, avant d'entrer chez vous, dire en simple prose à ma fille quelques paroles un peu nettes.

LAURIANE, que Bois-Doré conduit s'asseoir au dais de verdure.

Nettes comme votre loyauté, et bonnes toujours comme votre cœur : parlez, cher père.

DE BEUVRE.

Hum! madame ma fille, je vous ai gâtée, mais vous ne me corromprez point!— Ce que je veux vous rappeler, Lauriane, c'est la dernière volonté de mon frère, le serment que vous lui avez juré à son lit de mort, et le testament qui punirait votre manque de parole par votre ruine et la mienne. Il ne vous reste plus, pour choisir et nommer enfin votre mari, que la semaine de votre séjour dans ce château. C'est pourquoi le jour où vous y arrivez, j'ai tenu à vous faire souvenir que, le jour où vous en partirez, vous devrez être fiancée, et que, de retour au château de Beuvre, vous serez mariée le lendemain.

LAURIANE.

Il n'était pas besoin, mon père, de me rappeler votre volonté et l'ordre suprême de celui qui fut aussi un père pour moi. J'obéirai au mort et au vivant. Ma détermination sera connue le matin de notre départ.

DE BEUVRE.

A la bonne heure! Et pourquoi pas, voyons, le matin de notre arrivée? pourquoi pas tout de suite?

LAURIANE.

Mon père !

DE LUCENAY.

Nous oserons vous prier, monsieur, de ne pas insister là-dessus.

GUILLAUME.

Deux d'entre nous auront gardé du moins un peu plus long-temps l'espérance.

D'ALVIMAR.

Et l'élu peut bien lui-même endurer la souffrance d'un retard pour épargner à Madame le déplaisir d'un regret.

BOIS-DORÉ.

D'ici à huit jours, d'ailleurs, ne peut-il pas se déclarer quelque nouveau prétendant ?

DE BEUVRE, railleur.

Croyez-vous, mon vieil ami, que quelque papillon étourdi vienne encore se brûler les ailes à cette flamme ?

BOIS-DORÉ.

Allons, vous voulez donc absolument que je parle tout de suite et devant tous ? Pourquoi, en effet, ne parlerais-je pas selon la franchise et la vérité ?

DE BEUVRE.

Eh ! c'est cela, mordi ! que je vous retrouve votre ancienne bravoure !

BOIS-DORÉ, s'avance vers Lauriane et fléchit le genou.

Reine de beauté, recevez-moi donc en grâce. J'ose, moi aussi, mettre à vos genoux mon nom, ma vie, mon cœur, et, dans ce cœur, la plus pure adoration qu'un mortel ait jamais vouée à une divinité. J'attends mon arrêt de vie ou de mort à vos pieds, Lauriane.

DE BEUVRE.

Vive Dieu ! Lauriane, voulez-vous me laisser répondre à votre place ?

LAURIANE.

Mon père !...

DE BEUVRE.

Vous acceptez donc ce galant ?

LAURIANE, à elle-même.

Comme il souffrirait! (Haut.) Eh bien, oui, mon père, j'accepte ce chevalier. — J'avais deviné votre belle et honnête flamme, monsieur le marquis. Je tiens à honneur que vous ne l'ayez pas plus longtemps celée. Si par fatalité j'y suis ingrate, si ma destinée veut que je me sente touchée des soins de quelque autre, vous avez l'âme si grande et si généreuse que vous me serez encore et toujours, j'en réponds, un ami et un frère.

BOIS-DORÉ.

Je vous le jure, adorable Lauriane. Je ne survivrais pas à mon désespoir, mais...

LAURIANE.

Oh! puisque vous me promettez au contraire le dédommagement de votre amitié!

BOIS-DORÉ.

Eh bien, je vous obéirai, fût-ce pour vivre.

JOVELIN, à Mario.

Ah! elle est bonne comme elle est belle!

BOIS-DORÉ.

Vous ne m'en voulez pas, messieurs?

D'ALVIMAR, à part.

Le vieux fat!

GUILLAUME.

Nous vous félicitons, cousin.

DE BEUVRE.

Allons, mon cher marquis, ayez donc aussi l'espérance. Après tout, messieurs, c'est un bien qui ne s'amoindrit pas en se partageant. — N'importe, Lauriane, vous avez le droit d'être fière. Il n'est pas maintenant, je crois, un seul des avantages souhaités en ce monde que ne représente un de ceux qui vous font la cour. Notre lieutenant-gouverneur a autant de puissance que le prince de Condé lui-même...

JOVELIN, à part.

Oh! n'être qu'un banni!

DE BEUVRE.

Monsieur d'Ars, le dernier descendant du célèbre Louis d'Ars, est de la plus ancienne et de la plus glorieuse famille du Berry...

JOVELIN, à part.

Avoir à cacher son nom comme un crime !

DE BEUVRE.

Il n'y a pas dix fortunes en France qui égalent la richesse de notre cher hôte...

JOVELIN, à part.

Et je suis un mendiant du chemin !

DE BEUVRE.

Enfin, monsieur d'Alvimar est l'un des plus brillants seigneurs de la cour.

JOVELIN, à part.

Et je me fais honte à moi-même !

DE BEUVRE.

Ainsi, richesse, puissance, noblesse de la race, élégance de la personne, il n'est pas de don qui ne vous soit offert, Lauriane. Eh bien, de tous ces dons, (regardant d'Alvimar) je parie que j'ai deviné lequel ma fille préfère ou préférera...

D'ALVIMAR.

Lequel ?

LAURIANE, vivement.

Prenez garde, mon père ! Ce secret que vous croyez deviner, si cependant moi-même je le cherche encore ! Est-ce que vous attribueriez mes hésitations à la coquetterie ? Non, non ! il se peut qu'il y ait en moi le sentiment d'une préférence, mais encore mêlé à tant de doute, à tant de crainte ! Ayez donc pour moi, comme ces gentilshommes, la générosité d'un peu de patience. Je ne dois pas quitter le château de notre ami sans être absolument engagée, permettez-moi du moins d'y entrer tout à fait libre.

DE BEUVRE.

Allons ! il est dit que je dois toujours me taire aujourd'hui.

BOIS-DORÉ.

Eh ! certainement ! et, s'il le faut, je me révolte avec vous, Lauriane, contre la tyrannie paternelle! Entrez chez moi sans crainte, et prenez le temps de comparer le feu pur et constant qui brûle dans ce cœur avec l'amour des tout jeunes gens, rameau trop vert qui donne plus de fumée que de flamme! — Venez, venez.

LAURIANE, à Mario.

Suivez-nous, mon petit page. (Tous se dirigent vers le château.)

MARIO, à Jovelin.

Eh bien, j'espère que ma dame ne manque pas de gens qui l'aiment! Mais ce n'est pas étonnant! moi aussi, je l'aime, et je l'ai aimée à première vue. Et toi, Jovelin?

JOVELIN.

Tais-toi.

MARIO.

Voyons, est-ce que tu ne l'aimes pas, toi?

JOVELIN, lui mettant la main sur les lèvres.

O bouche innocente, que tu es cruelle!

FIN DU PREMIER ACTE.

2.

ACTE DEUXIÈME

Une salle du château. Porte à droite, porte à gauche. Au milieu, une grande table recouverte d'un tapis de velours.

SCÈNE PREMIÈRE.

JOVELIN, assis à la table, écrivant. MARIO.

MARIO, entrant tout agité.

Jovelin ! Jovelin !

JOVELIN.

Mario ! qu'as-tu ? qu'est-il arrivé ?

MARIO.

Tu sais, on était convenu hier qu'on ferait ce matin un assaut d'armes. L'assaut vient d'avoir lieu en présence de madame Lauriane. J'étais là aussi, moi, près d'elle. Monsieur d'Alvimar a été le plus fort contre monsieur d'Ars, contre monsieur de Lucenay, cela ne m'a rien fait. Mais voilà que monsieur de Bois-Doré a voulu essayer de jouter à son tour, lui ce bon seigneur qui nous traite si bien depuis cinq jours. Alors monsieur d'Alvimar a fait toutes sortes de tours et de voltes, et coup sur coup il touchait le pauvre marquis, et mes mains tremblaient, mon sang se glaçait, et soudainement j'ai cru revoir la vision du meurtrier de mon père. Ah ! Jovelin, je me suis sauvé pour ne pas éclater ! Ah ! le cœur me bat encore !

JOVELIN.

Calme-toi, petite sensitive ! Tu m'avais promis de ne plus te laisser aller à cette illusion qui te fait tant de mal. Ce n'est pas avec une supposition qu'il faut combattre cet homme.

MARIO.

Tu appelles une supposition mon instinct, ma peur, mon horreur, tout ce qui dans moi crie contre lui !

JOVELIN.

Va, nous nous devinons aussi ennemis, lui et moi. Nous sommes là, tous deux, le regard sur le regard, mystérieux et suspects l'un pour l'autre, lui l'aventurier, moi le banni, lui l'ami du traître Concini, moi le disciple du grand Galilée, lui triomphant par l'intrigue, moi souffrant pour la vérité, et il me soupçonne persécuté, et je le sens criminel. Mais comme il a pour lui le succès, monsieur d'Ars le patronne, monsieur de Beuvre l'admire, madame Lauriane... non ! non ! elle ne l'aime pas, mais il la trouble et la domine. Oh ! comme toi et avec toi, je veux le pénétrer, le démasquer, le combattre !

MARIO.

Oui, mais tu ne veux pas me croire ! C'est égal ! pas plus tard qu'aujourd'hui, je m'en vas tenter une épreuve.

JOVELIN.

Laquelle ?

MARIO.

Voilà monsieur de Bois-Doré. Laisse que je lui parle.

JOVELIN.

Non, il est avec Adamas, et quand ils sont ensemble ils ne veulent pas qu'on les dérange. Viens, viens, quitte à revenir tout à l'heure. Et prends garde, cher enfant, de commettre quelque imprudence !

MARIO.

Tiens, Jovelin, tu n'as pas la foi ! (Ils sortent.)

SCÈNE II.

BOIS-DORÉ, ADAMAS.

ADAMAS.

Asseyez-vous là, monsieur le marquis.

catholique, lui Français, une Espagnole, a été maudit et chassé à la fois par mon père, huguenot inflexible, et par le père et le frère de sa femme, plus fanatiques encore. Et quand la mort des uns, le pardon des autres allait enfin me le rendre, — perdu ! perdu ! pas une trace de lui, de sa femme et de son enfant ! et depuis sept ans, j'ai fouillé vainement la France, l'Italie et l'Espagne !... — On frappe encore...

ADAMAS.

Oh ! j'ai fini, et monsieur le marquis peut se montrer avec tous ses avantages. (Allant à la porte.) Est-ce déjà vous, espiègle ?

MARIO, à travers la porte.

J'ai attendu un peu.

BOIS-DORÉ.

Maintenant, qu'il entre, Adamas, qu'il entre !

SCÈNE III.

LES MÊMES, MARIO.

BOIS-DORÉ.

— Approchez, lutin. Que souhaitez-vous donc si impatiemment de nous ?

MARIO.

Monsieur, je contais ce matin à madame Lauriane comment, dans mon enfance, j'avais appris à dire la bonne aventure à la mode égyptienne. Là-dessus, madame Lauriane a trouvé que le divertissement en serait curieux, et m'a demandé si je pourrais, cette après-midi, lui donner ce spectacle, et consulter le sort pour elle et pour les autres personnes qui le souhaiteraient ; le tout, bien entendu, avec votre permission ; — et c'est cette permission que je venais chercher.

BOIS-DORÉ.

Je te la donne, mon petit sorcier. A une condition cependant : c'est que ta bonne aventure ne sera offensante pour aucun de mes hôtes.

MARIO.

Oh ! ce n'est pas moi qui parlerai, c'est la destinée.

BOIS-DORÉ, souriant.

La destinée, soit ; mais si ses arrêts devaient blesser quelqu'un, tu aurais soin de garder le silence.

MARIO.

C'est bien, monsieur, vous serez obéi.

BOIS-DORÉ.

Tu es un doux et gentil enfant, Mario ! je m'intéresse à toi, pauvre petit orphelin. Tu t'en vas présentement à Paris, sous la conduite de maître Jovelin ; si au retour tu veux venir et demeurer avec moi, je te promets de t'achever une éducation de gentilhomme. Mais d'abord, réponds bien sincèrement à mes questions.

MARIO.

Oh ! oui, bien sincèrement.

BOIS-DORÉ.

Voilà une figure qui n'est pas faite pour tromper, Adamas, et un regard d'enfant qui va droit au cœur. — Il n'y a pas longtemps, je crois, que tu le connais, Jovelin ?

MARIO.

Non, monsieur, il n'y a que trois mois. Mais le temps n'y fait rien, je l'aime de tout mon cœur. Il est si bon, si grand, si savant ! et il ne me traite pas du tout en enfant ! C'est mon ami ! je l'admire !

BOIS-DORÉ.

Bien ! mais ce n'est pas lui, j'imagine, qui t'a appris à dire la bonne aventure ? Aurais-tu, dans ta vie abandonnée, connu de ces bohémiens, de ces mauvaises gens ?...

MARIO.

Oh ! non, Dieu merci ! celle qui m'a montré à tirer les cartes, c'est une pauvre vieille Moresque réfugiée d'Espagne, qui était bien malheureuse, mais bien honnête, allez ! et qui m'aimait comme son enfant. Je suis resté trois ans avec elle. Elle m'a appris aussi à jouer du tympanon et à faire des paniers d'osier. Oh ! je sais très-bien les faire, et si je reviens ici pour être gentilhomme, je vous ferai tous les paniers de la maison.

BOIS-DORÉ.

Et quand l'as-tu quittée, cette pauvre bonne femme ?

MARIO.

C'est elle qui m'a quitté, monsieur, pour mourir. Mais alors j'ai été recueilli par M. Anjorrant, un pasteur protestant du Dauphiné, chez qui j'ai demeuré quatre ans. Voilà encore un homme du bon Dieu ! Il était vieux, et obligé de se cacher, et pauvre ! mais aussitôt qu'il avait une piécette, il la donnait aux autres pauvres. Une nuit de cet hiver, il est sorti dans la neige pour secourir des enfants égarés; car chez nous il y a de la neige quelquefois aussi haut que votre maison. Il a sauvé les enfants, mais il est tombé malade, et tout à coup il est mort. Ah ! j'ai tant pleuré que je ne sais pas comment j'ai encore des yeux pour y voir clair ! Avant de mourir, il m'a confié à Jovelin, son ami, et il nous a remis tout ce qui pourra me servir à retrouver ma famille, avec une lettre d'explication sur mon histoire pour M. de Luynes. C'est cette lettre-là que nous allons porter à Paris.

BOIS-DORÉ.

Ta famille ? Ainsi, Mario, tu aurais connu tes parents ?

MARIO.

Certainement, monsieur, j'ai connu mon père et ma mère.

BOIS-DORÉ.

Tu sais leurs noms ?

MARIO.

Je sais que ma mère s'appelait Maria et qu'on m'appelait Mario, voilà tout. Quand j'étais avec mes parents, je pense qu'ils voyageaient et qu'ils changeaient très-souvent de résidence, et personne ne les nommait devant moi. Je me rappelle avoir entendu, un soir qu'on me croyait endormi, ma mère dire à mon père : Pauvre petit ! il ne sait seulement pas s'il a une famille ! Mon père a répondu : Il faudrait donc lui faire comprendre comme les hommes sont cruels pour l'amour, et que ses parents ont été maudits par leurs parents.

BOIS-DORÉ, vivement.

Ton père a dit ces paroles-là, Mario! tu les as entendues! tu te les rappelles!

MARIO.

Comme si j'y étais.

BOIS-DORÉ.

Mon Dieu!...

ADAMAS, bas à Bois-Doré.

Monsieur! monsieur! ce que vous disiez...

BOIS-DORÉ, bas à Adamas.

Oh! tais-toi! tais-toi!... Il serait trop cruel de leurrer ce pauvre enfant d'une fausse espérance! (Haut.) Voyons, dis-moi, Mario, dis-moi, quand et comment les as-tu donc perdus, tes parents?

MARIO.

Ah! c'est là le plus terrible, monsieur! Savez-vous où la Moresque m'a trouvé : dans un chemin désert, à côté de ma mère évanouie... — et elle est morte le lendemain dans le délire, cette pauvre mère... — à cent pas de là, mon père venait d'être assassiné en duel.

BOIS-DORÉ.

Tué en duel, tu veux dire?

MARIO.

Non, je dis bien : assassiné. J'étais là, moi, petit enfant. J'ai tout vu, j'étais témoin, le seul témoin! Dans le combat, l'épée de mon père s'est cassée. Il l'a crié à son adversaire. Mais cet infâme, jetant son épée, a subitement tiré son poignard, et en a frappé mon père de deux coups mortels. Je criais tout éploré, le meurtrier s'est enfui... — même il a laissé le poignard dans la plaie, et je l'ai, je l'ai encore... — Mon père m'a dit : « Tu as vu, j'étais désarmé, il m'a assassiné, tu as vu, souviens-toi! » Et il a rendu l'âme. Oh! oui, père, je me suis souvenu, je me souviens, elle est là vivante l'affreuse image! je vois la place, le rocher, le corps sur la mousse...

BOIS-DORÉ.

Et le meurtrier?

MARIO.

Le meurtrier aussi! le meurtrier aussi je le vois! et il me

3

semble toujours que je le reconnaîtrais. Et même il m'a semblé, oh! oui, il m'a bien semblé que je le reconnaissais !

BOIS-DORÉ.

Dieu juste! et qui serait-ce?

MARIO.

Qui ?... (Se remettant.) Oh ! pardon, monsieur! chez vous, à vous, pardon! je ne peux pas le dire. D'ailleurs, Jovelin croit que je me trompe. Ah ! je le saurai, si je me trompe.

BOIS-DORÉ.

Pauvre petit!... Mais quel âge avais-tu quand le malheur est arrivé?

MARIO.

Je devais avoir sept ans; car je dois bien en avoir quatorze.

BOIS-DORÉ.

Il y aurait donc sept ans alors? sept ans!

MARIO.

Oui, monsieur, c'était en 1610.

BOIS-DORÉ.

En 1610!

ADAMAS, bas.

L'année où monsieur le marquis a perdu son frère!

BOIS-DORÉ, bas.

Silence! oh! silence!... (Haut.) Et où se passait le duel?... le meurtre? En Italie, peut-être?...

MARIO.

Non, monsieur, à Urdoz, dans les Pyrénées.

BOIS-DORÉ.

Ah!... — Mais sais-tu le mois? le jour?..

MARIO.

Oui.

BOIS-DORÉ.

Et c'était?... Parle vite...

MARIO.

C'était quatre jours avant la mort du roi Henri ; c'était le 10 mai.

BOIS-DORÉ.

Le 10 mai!... (Avec douleur.) Oh! tu es sûr, Mario, que c'était le 10 mai? tu es sûr que c'était ce jour-là et non un autre? tu en es bien sûr?

MARIO.

Tout à fait sûr : la Moresque me l'a répété et me l'a fait répéter cent fois. Quatre jours avant la mort du roi Henri; le 10 mai.

BOIS-DORÉ.

Hélas!

ADAMAS, bas.

Eh bien, monsieur?

BOIS-DORÉ, bas.

Eh bien, mon pauvre Adamas, la dernière lettre que j'ai reçue de mon frère est datée de Gênes et du seizième jour de juin, c'est-à-dire d'un mois après le 10 mai. — C'était une fausse joie, mon ami, c'était une espérance vaine.

MARIO.

Vous avez l'air fâché, monsieur; est-ce que j'ai dit quelque chose qui vous ait déplu? (Entre Jovelin.)

BOIS-DORÉ.

Non, Mario, non! tu es un digne enfant, et maître Jovelin, que voilà, est un digne ami, de grand talent et de grand cœur. Je me charge de vous faire arriver à Paris sans fatigue ni misère. Puis revenez quand il vous plaira, cette maison sera toujours la vôtre.

JOVELIN.

J'accepte pour Mario, monsieur; pour moi, je ne suis guère le maître de ma destinée. — Les hôtes de monsieur le marquis vien-nent, je crois, le prendre pour le jeu de bague.

ADAMAS.

J'ai d'abord à faire servir la collation... Ah! monsieur, ceci a renouvelé vos regrets.

BOIS-DORÉ.

Va, mes regrets sont ma vie!... Mais voici mes amis qui vien-nent, et je leur dois mon sourire.

SCÈNE IV.

Les mêmes, LAURIANE, D'ALVIMAR, DE BEUVRE, GUILLAUME, DE LUCENAY, ADAMAS, CLINDOR, et deux ou trois PAGES présentant des flacons, des fruits, des gâteaux et des dragées. L'un d'eux pose sur la table du milieu une grande corbeille de fruits et de fleurs.

LAURIANE.

Où est-il ce fugitif berger que sa nymphe est obligée de venir chercher elle-même?

BOIS-DORÉ.

Ma dame voudra bien réfléchir que je dois, en franche loyauté, laisser aussi leur tour et leur place à mes rivaux.

DE BEUVRE.

Par le corps-Dieu! c'est à peu près ce qu'on vous dit un jour, Bois-Doré, à je ne sais plus quel siége. Mon Bois-Doré, qui se battait comme un lion, s'était campé sur le rempart à l'endroit le plus chaud; il avait reçu trois ou quatre estafilades et ne bougeait non plus qu'un terme. — Hors de là! lui cria-t-on, laissez un peu leur tour aux autres! — Eh! mordi! c'était au siége de Sancerre, vous vous le rappelez?

BOIS-DORÉ.

Merci de moi! comment donc voulez-vous que je me le rappelle!

DE BEUVRE.

Hé! vous n'étiez pas à la mamelle, je pense. C'était à peine en quinze cent septante-et-...

ADAMAS, vivement.

Un verre d'hypocras, monsieur de Beuvre?

DE BEUVRE.

Vous allez peut-être me soutenir que vous n'étiez pas à Sancerre!

BOIS-DORÉ.

En tout cas, j'étais si jeune que je ne dus pas y frapper bien fort.

DE BEUVRE.

Allons! vous y fîtes vous-même deux prisonniers. J'enrage ma vie quand je vois un homme de cœur comme vous renier ses bonnes prouesses plutôt que d'avouer son âge.

BOIS-DORÉ.

Mon âge! mon âge!...

LAURIANE.

Mon père! on n'a jamais que l'âge que l'on montre, et il ne faut que regarder le marquis...

BOIS-DORÉ, touché.

Lauriane!

LAURIANE.

Ah! maître Jovelin! je ne vous ai pas encore félicité de la sérénade d'hier. O l'émouvante musique, qui vient du cœur et qui va au cœur!

JOVELIN.

Madame! vous écoutez la musique, mais vous entendez votre pensée... Ah! c'est une aubade que je voudrais avoir un jour l'occasion de vous faire entendre, à la lueur du crépuscule! ce serait mieux l'harmonie de votre âme toute faite de matin... (Il continue de causer avec Lauriane, Bois-Doré et de Beuvre.)

D'ALVIMAR, de l'autre côté, à Guillaume.

Voilà encore ce Jovelin qui parle à Lauriane!

GUILLAUME.

Bah! un musicien ambulant!

D'ALVIMAR.

Eh! si ce n'était pas un musicien ambulant?

GUILLAUME, riant.

Pardieu! c'est ce que me disait Clindor... (A Clindor qui passe avec un plateau.) Hé, n'est-ce pas, Clindor? à ton avis, qu'est-ce que serait maître Jovelin?

CLINDOR.

Oh! monseigneur, moi, je crois que c'est un prince déguisé! (Il passe.)

D'ALVIMAR.

Ni prince, ni musicien, Guillaume! — Monsieur de Lucenay! comme lieutenant de la province, vous avez dû recevoir des instructions concernant certains hérétiques réfugiés d'Italie en France ?

DE LUCENAY.

C'est vrai.

D'ALVIMAR.

Je soupçonne que le Jovelin pourrait bien être un de ces mécréants.

DE LUCENAY.

Par ma foi! monsieur le comte, j'espérais oublier un peu ici le lieutenant général. Ce garçon nous joue de fort belle musique, et il ne me paraît dangereux en rien.

D'ALVIMAR.

Nous verrons. J'ai chargé votre courrier de me rapporter de Bourges quelques renseignements qu'on m'avait remis à Paris. Je saurai ce qu'il est, cet énigmatique personnage.

BOIS-DORÉ, à Lauriane.

Adamas m'avertit, madame, que tout est prêt pour le jeu de bague.

LAURIANE.

Oh ! j'avais justement, cher marquis, à m'excuser d'y assister. J'aurais souhaité pour aujourd'hui un moment de recueillement et de repos.

BOIS-DORÉ.

Votre désir est notre loi, mais cette fois la loi est cruelle.

DE BEUVRE.

Eh! oui, vous allez donc rester seule, ma fille !

LAURIANE.

Je garde Mario. Le marquis lui donnera le volume de l'*Astrée,* et il me lira quelque belle plainte de l'aimable Céladon. Puis, nous vous attendrons ici, où Mario doit nous dire la bonne aventure.

BOIS-DORÉ.

Allons, messieurs, nous n'avons plus qu'à obéir.

D'ALVIMAR, bas à de Beuvro.

Oh ! je ne me soumets pas si aisément, moi !

DE BEUVRE, bas, en riant.

Et vous avez raison !

BOIS-DORÉ, à Mario.

Viens, Mario, que je te remette le livre.

D'ALVIMAR, à lui-même, pendant la sortie.

Il faut absolument que j'aie le dernier mot de cette petite provinciale rebelle !

SCÈNE V.

LAURIANE, D'ALVIMAR.

LAURIANE.

Eh bien ! monsieur, vous ne suivez pas le marquis ?

D'ALVIMAR.

Votre père m'a donné, madame, la permission de rester.

LAURIANE.

Mais vous l'ai-je donnée, moi ? Et l'on va supposer pourtant que nous étions d'accord.

D'ALVIMAR.

Vous me pardonnerez, Lauriane, d'avoir voulu, si près de l'heure décisive, vous voir et vous parler une minute sans tous ces importuns témoins.

LAURIANE.

A quoi bon ? ne valait-il pas mieux, au contraire, me laisser démêler seule ma pensée ? Quand vous êtes là, je la sens plus inquiète et plus hésitante que jamais.

D'ALVIMAR.

Eh ! mais, si je viens l'éclairer et la fixer, cette pensée timide qui se cherche ! Je vous ai dit déjà que je vous aime ; si j'arrive à vous persuader que vous devez m'aimer, que vous m'aimez peut-être ! .. Voyez, vous ne me dites pas non.

LAURIANE.

Mais pourquoi ne saurais-je vous dire oui ?

D'ALVIMAR.

Parce que vous ne vous connaissez pas vous-même.

LAURIANE.

Pourquoi l'idée de cet amour m'inspire-t-elle plus de crainte que de joie ?

D'ALVIMAR.

Parce que vous ne me connaissez pas non plus; parce que vous ne savez rien de mes projets, de mes chances, du sort brillant qui vous attendrait avec moi. Il faut pourtant que vous soyez édifiée là-dessus, Lauriane, et c'est facile...

MARIO, rentrant; il porte un gros in-folio.

Ah! que c'est donc lourd, l'*Astrée !* (Il pose le volume sur la table.)

SCÈNE VI.

LES MÊMES, MARIO, puis JOVELIN.

LAURIANE, avec joie, et respirant.

Mario ! ah ! viens, Mario, je t'attendais !...

D'ALVIMAR, bas.

Est-ce que cet enfant va rester?

MARIO.

Et il y a encore un second volume plus gros ! mais, ma foi, j'ai prié Jovelin de l'apporter. Le voilà. (Entre Jovelin portant aussi un gros volume.)

LAURIANE.

Merci, maître Jovelin... Demeurez un instant, je vous prie.

D'ALVIMAR, bas.

Comment! vous ne congédiez pas ces malencontreux ?

LAURIANE, bas.

Leur présence justifiera la vôtre.

MARIO.

Souhaitez-vous que je lise, madame ?

LAURIANE.

Tout à l'heure. Regarde, en attendant, les estampes.

D'ALVIMAR, regardant Jovelin avec insolence.

Au fait, je puis bien vous parler comme s'ils n'étaient pas là !
Qu'ils apprennent ce que je suis, ce ne sera pas un mal !

MARIO, à Jovelin, lui montrant une gravure.

Vois-tu, le méchant Polémas veut s'emparer de la pauvre
Astrée !

JOVELIN, à demi-voix à Mario.

Écoute ce qu'est monsieur d'Alvimar.

D'ALVIMAR.

Je vous disais donc, Lauriane, qu'une fois votre mari, je serais
sûr de nous élever très-vite et très-haut. J'ai l'âme ambitieuse et
intrépide, le goût de l'aventure, l'habitude du succès, et les deux
forces qui emportent tout de haute lutte : l'audace et le bonheur.

LAURIANE.

Ah ! vous m'effrayez plus que vous ne m'éblouissez, monsieur,
et les sommets me donnent le vertige.

D'ALVIMAR

Eh ! vous n'auriez qu'à vous laisser conduire ! Les temps sont
favorables aux hommes d'énergie; la reine Marie de Médicis est
faible, et Concini, tout hardi qu'il est, ne l'est pas plus que moi.
Je suis aujourd'hui le protégé du Florentin ; je pourrais bien être
demain son égal et après-demain son maître... (A Jovelin.) Cela vous
fait sourire, l'homme aux sérénades? Vous arrivez d'Italie ; auriez-vous par hasard vu dans quelque fête les grands personnages
dont je parle... de l'autre côté de votre estrade ?

JOVELIN.

Oui, j'ai vu à Florence ces grands personnages; j'en ai vu même
de plus grands.

D'ALVIMAR.

Qui donc?

3.

JOVELIN.

J'ai vu Giordano Bruno sur son bûcher, Campanella en prison, et Galilée à genoux.

D'ALVIMAR.

Ah! vous avez connu ces gens-là!

JOVELIN.

Oui, j'ai eu le bonheur d'approcher plusieurs des grands esprits de mon temps. Il y a, dit-on, en Orient certaines pierres sans couleur, mais qui ont le don de s'imprégner des rayons du soleil et d'en conserver, après la nuit venue, le lumineux reflet. Je ne suis de même qu'un caillou du chemin, mais j'ai reçu et j'ai gardé la lumière.

D'ALVIMAR, ricanant.

Est-ce que ce n'est pas ce Galilée qui a été condamné par l'Inquisition pour avoir osé soutenir... quoi donc déjà?... ah! que la terre tourne et que le soleil est immobile!

JOVELIN.

C'est lui, c'est ce rebelle, coupable de vérité. Hélas! dans notre aveugle humanité, quiconque prédit est maudit.

D'ALVIMAR.

Et vous étiez son ami?

JOVELIN.

Il est mon maître.

D'ALVIMAR.

Et vous avez partagé ses idées, et qui sait? ses malheurs?...

LAURIANE.

Grand Dieu!

JOVELIN.

Je n'aime pas à me vanter, mais puisque vous me le demandez, monsieur, il est vrai que j'ai un peu souffert. Je suis un peu — dans ma sphère — ce que vous êtes dans la vôtre : j'ai le goût de la lutte, l'habitude du péril, et j'ai aimé, j'ai tenté la grande aventure de la science et de la vérité.

LAURIANE, avec élan.

Vraiment! ah! quelque chose me l'avait dit qu'il y avait de la douleur dans notre destinée!...

D'ALVIMAR, à part.

Et à moi aussi !

LAURIANE.

... Je l'ai senti, tenez, hier encore, en écoutant la mélancolie de cette sérénade, et je ne savais pourquoi elle me touchait si profondément, presque jusqu'aux larmes.

JOVELIN.

La mélancolie était sans doute en vous-même, madame. La musique est un miroir magique où chacun voit l'image de son idée : oie, tristesse ou amour.

D'ALVIMAR.

Gageons que c'est l'amour qu'entendait maître Jovelin dans sa chanson d'hier.

JOVELIN.

Elle m'a semblé exprimer seulement l'adoration religieuse e lointaine, le regret d'un dévouement condamné à rester méconnu ou inutile.

D'ALVIMAR.

Autrement dit l'amour timide et honteux d'un vassal ; car l'amour fier et fort d'un gentilhomme ose vouloir et peut s'imposer.

JOVELIN.

L'amour fier et fort d'un gentilhomme est, pour ce qu'il aime, plus doux et plus tremblant que le souffle d'un nouveau-né. Mais, vous dites bien, il ose tout et il peut tout contre les menaces et les trahisons de qui le hait.

LAURIANE, se levant vivement.

Ah ! c'est assez parler de cette mélodie ! Nous en avons oublié l'*Astrée*. — Voyons, n'est-ce pas là, Mario, la Fontaine de la Vérité d'Amour ? Où est-il donc l'oracle qui doit m'expliquer à moi-même et me révéler le cœur où je serais sincèrement aimée ? — Est-ce la bonne aventure qui me le dira, mon petit devin ?

MARIO.

Pourquoi pas, madame ?

SCÈNE VII.

Les Mêmes, BOIS-DORÉ, DE BEUVRE, GUILLAUME,
DE LUCENAY, ADAMAS, CLINDOR.

BOIS-DORÉ.

C'est nous déjà. Ne nous reprochez pas trop, céleste Lauriane,
d'avoir abrégé un divertissement qui ressemblait à un exil.

LAURIANE.

Soyez les très-bien revenus! Mario se dit prêt à nous annoncer
à tous nos futures destinées.

DE LUCENAY, riant.

Le lieutenant gouverneur demande à être considéré comme absent,
ces pratiques étant formellement défendues dans sa province.

DE BEUVRE.

Je retire aussi mon épingle du jeu. A notre âge, on se tourne plutôt vers le passé que vers l'avenir, n'est-ce pas, Bois-Doré?

BOIS-DORÉ.

Parlez pour vous, mon ami. Moi, j'aime toujours à regarder en
avant. (Clindor a remis à Mario une corbeille contenant des cartes et des chiffres.)

MARIO.

Que chacun de ceux qui désirent consulter le sort veuille bien
me remettre en gage un objet qu'il ait en ce moment sur lui.

GUILLAUME.

Ce nœud de rubans.

BOIS-DORÉ.

Voici mon drageoir.

LAURIANE.

Voici mon bouquet.

MARIO.

Oh! est-ce que vous voudrez me le laisser garder, madame?

LAURIANE.

Très-volontiers, Mario!

MARIO.

Merci !

LAURIANE.

L'étrange enfant !

MARIO, s'arrêtant devant d'Alvimar.

Et vous, monsieur, vous plaît-il aussi prêter quelque gage ?

D'ALVIMAR.

Je n'en ai point sur moi.

MARIO.

Oh ! la première chose venue... par exemple, votre poignard.

D'ALVIMAR.

Mon poignard ne me quitte pas.

LAURIANE.

Vous renoncez donc à tenter le sort ?

D'ALVIMAR.

Avec vous et comme vous, madame, non pas. — Voici mon gant. (Il le jette à ses pieds.)

LAURIANE.

Oh! je vous en prie, ne jouez pas ainsi avec ce stylet, monsieur ! ce sont méchantes habitudes du temps des Raffinés, que monsieur Concini veut, dit-on, remettre à la mode, mais que je n'aime pas, je l'avoue.

JOVELIN, bas à Mario, qui a les yeux fixés sur d'Alvimar.

Mario ! à quoi penses-tu ? on t'attend !

MARIO, traçant un cercle avec une baguette.

M'y voici. — J'indique d'abord le cercle magique. (Il dispose aux quatre coins sur le tapis des étoiles coloriées.) Pour quatre consultants, il y aura quatre couleurs : verte, blanche, bleue et rouge. Je dispose entre les compartiments les cartes et les chiffres cabalistiques : 3 et 7 sont les nombres heureux, le nombre fatal est 13.

LAURIANE.

On dirait, en vérité, qu'il croit à ce qu'il fait !

MARIO.

J'y crois aussi, madame ! je ne peux pas m'empêcher d'y croire.

La Moresque qui m'a élevé y croyait. Je ne serai pour rien dans ce qui va sortir de là.. Je déchiffrerai les nombres comme les lettres d'un livre, voilà tout. C'est le hasard seul qui composera les mots.

LAURIANE.

Il est tout ému et tout animé!

D'ALVIMAR.

Par ma foi! ceci prend certaine odeur de fagot!...

MARIO.

Ah! maintenant on m'a laissé commencer, il faut que j'achève. — Veuillez tirer au sort vos couleurs. (Il présente à chacun une corbeille couverte.) — Madame Lauriane a l'étoile blanche, monsieur de Bois-Doré l'étoile bleue, monsieur d'Ars l'étoile verte, monsieur d'Alvimar l'étoile rouge. — Je place dans les compartiments les gages de chacun.

D'ALVIMAR.

Qu'on me rende le mien, allons! j'en ai assez déjà de ces momeries!

JOVELIN.

Monsieur d'Alvimar se défie de son avenir?

D'ALVIMAR.

Je me défie de ma colère quand on m'offense. — Mon gage?

MARIO.

Monsieur, vous ne pouvez plus empêcher la destinée; elle est au-dessus de vous comme de moi.

LAURIANE.

Assurément, comte! le devin est maître dans son cercle magique, et en dérangeant votre chance, vous dérangeriez les nôtres.

MARIO, jetant des cartes sur le tapis.

Le premier gage est à monsieur d'Ars. — Rien de mauvais, messire. Pour le présent, il y a un gros mécompte, mais qui ne gâte pas l'avenir; car je vois toute votre vie très-heureuse.

GUILLAUME.

Allons! je ne suis pas trop mal partagé.

MARIO, à Bois-Doré.

A vous, mon cher seigneur. (Il jette de nouvelles cartes.)

BOIS-DORÉ.

Ah! ah! que vois-tu, mon petit ami?

MARIO.

Grande joie! et encore grande joie!

BOIS-DORÉ.

Vraiment! deux du même coup!

MARIO.

Oui, mais non pas de même sorte : voici là une joie douce, et là une joie... une joie terrible.

BOIS-DORÉ.

Qu'est-ce que tu appelles une joie terrible, garçon?

MARIO.

Comme qui dirait une vengeance.

BOIS-DORÉ.

A moi, vengeance! ceci ne répond guère à mon humeur. Et la joie douce, au moins, quelle est-elle?

MARIO.

Famille!

ADAMAS.

Famille, monsieur!

BOIS-DORÉ.

Oui, voilà qui est mieux. Je serai donc marié?

MARIO.

Vous serez père!

BOIS-DORÉ.

Père!

DE BEUVRE.

Ah! diantre! dites donc, Bois-Doré!

BOIS-DORÉ.

Et quand serai-je père?

MARIO.

Avant trois mois, trois semaines ou trois jours. (Tous se mettent à rire.)

DE BEUVRE.

Mordi! recevez mon compliment, mon cher!

GUILLAUME.

Ah ! cousin, pour un Céladon !...

BOIS-DORÉ, riant aussi.

Hé ! messieurs, la paternité peut s'entendre en plusieurs manières...

MARIO, étonné.

Je vois que j'aurai dit quelque sottise. Il ne faudrait pas m'en vouloir, monsieur. En vérité-Dieu, je ne fais que répéter ce que je vois.

BOIS-DORÉ.

Sois sans inquiétude, mon enfant : la bonne foi ne peut offenser. Va, continue tranquillement tes conjurations.

MARIO, à Lauriane.

C'est votre tour. — Ah ! mon Dieu ! un danger ! — Madame, ma chère dame, vous êtes présentement dans un grand danger !

LAURIANE.

Est-il possible ! Mais, avec l'aide de Dieu, j'en serai préservée, j'espère ?

MARIO.

Je ne sais pas !... je ne vois pas !...

LAURIANE.

Pour atténuer le présent, regarde un peu l'avenir.

MARIO, jetant de nouvelles cartes.

Obscur ! obscur ! tout est caché par le péril qui, dans ce moment, vous menace. Oh ! prenez garde à vous ! prenez bien garde, je vous en prie !

LAURIANE.

Allons ! rassure-toi, mon pauvre petit. Te voilà plus effrayé que moi ! — Et monsieur d'Alvimar attend son sort. (Mario jette de nouvelles cartes, avec une anxiété fiévreuse.)

D'ALVIMAR.

Tu vas aussi me prédire un bon danger, je présume... — Eh bien ?... — Tu te tais ?...

MARIO.

Oui.

D'ALVIMAR.

Qu'est-ce qui t'arrête? Parle.

MARIO.

Je ne veux pas parler. J'ai vu ce que je tenais tant à voir, mais je ne le dirai pas.

D'ALVIMAR.

Oh! à présent, tu le diras, par le diable!

MARIO.

Monsieur le marquis, intervenez pour que je me taise.

BOIS-DORÉ.

Comte, n'exigez pas...

D'ALVIMAR.

Pardon! maintenant j'exige. Allons! que prétends-tu lire pour moi dans ton grimoire damné? Mort sans doute, mort prochaine, sanglante, terrible?

MARIO.

C'est pis que la mort.

D'ALVIMAR.

Qu'est-ce donc? Je te dis que je veux que tu parles!

MARIO.

Vous m'y forcez? Eh bien, c'est...

D'ALVIMAR.

C'est?...

MARIO.

C'est châtiment.

D'ALVIMAR, furieux.

Châtiment! à moi! châtiment!...

BOIS-DORÉ.

Monsieur d'Alvimar! un enfant!...

D'ALVIMAR.

Mais à côté de cet enfant, il y a un homme qui le mène.

JOVELIN.

J'atteste Dieu que j'ignorais ce que Mario allait dire, — aussi vrai que je crois maintenant à ce qu'il a dit.

D'ALVIMAR.

Ah ! vous croyez ?...

JOVELIN.

Que quelqu'une de vos actions attend justice.

D'ALVIMAR, fait un pas sur Jovelin, mais rencontre le regard de Bois-Doré, et s'arrête.

Ne serait-ce pas dans votre vie plutôt qu'il y aurait quelque chose de pareil ?

JOVELIN.

Peut-être, mais non pas au moins dans ma conscience.

FIN DU DEUXIÈME ACTE.

ACTE TROISIÈME

Une autre salle du château. Porte au fond s'ouvrant sur un parc. Portes à droite et à gauche. A gauche, adossée à la muraille, une crédence de chêne sculpté.

SCÈNE PREMIÈRE.

D'ALVIMAR, DE BEUVRE assis, CLINDOR debout.

D'ALVIMAR, à Clindor.

... Ainsi, tu es certain de ce que tu dis? bien certain?

CLINDOR.

J'ai vu, comme je vous vois, Mario donner le bouquet à maître Jovelin.

D'ALVIMAR.

Va, et ne t'éloigne pas. (Sort Clindor.) — Eh bien, vous éprouvez à votre tour jusqu'où va l'insolence de ce Jovelin.

DE BEUVRE.

Mordi! je veux en avoir le cœur net. Lauriane est là, dans le jardin; demeurez ici un instant, mon cher comte, et je l'amène.

D'ALVIMAR.

Cependant, monsieur...

DE BEUVRE.

Hé! laissez-moi donc faire! ceci peut servir votre désir — et le mien. (Il sort par le fond.)

D'ALVIMAR, seul.

Oui, oui, ceci peut me servir, et il est temps! Demain, demain est le jour suprême où Lauriane doit faire connaître son choix, et elle n'est nullement décidée encore! Je sens dans ce Jovelin le soupçon et l'obstacle, et je ne peux pas... non, ici, sur ce terrain brûlant, je ne peux pas l'attaquer en face! — Mais ceci va me servir. — Ah! j'ai engagé cette partie terrible, j'ai osé passer le seuil de cette maison, je tiens dans ce mariage l'occasion, l'occasion unique de relever ma fortune, d'anéantir le passé et d'assurer l'avenir, je touche à ce but si ardemment rêvé, j'y touche! et, au dernier pas, je reculerais! Non, non! il faut qu'avant demain, je n'aie plus rien à redouter, ni de la menace de Jovelin, ni de l'hésitation de Lauriane; il le faut! — Ce Clindor va m'y aider. (Il va à la porte de droite et appelle.) Hé! l'ami, deux mots. (Rentre Clindor, le nez au vent.) Tu me fais l'effet d'un garçon avisé.

CLINDOR.

Oh! moi, monsieur le comte, j'ai l'instinct des choses cachées : je n'avais pas eu besoin, allez, de voir les fleurs de madame Lauriane dans les mains de maître Jovelin pour deviner que ce musicien-là n'était qu'un amoureux déguisé. Mais il n'en résultera pas de mal pour lui, n'est-ce pas? D'abord je vous ai dit ma découverte, tout uniment parce que j'avais envie de savoir la suite.

D'ALVIMAR.

Tu as fait ce que tu devais, et je veux d'abord récompenser ton zèle. Prends cette bourse.

CLINDOR.

De l'argent! oh! nenni! mon parrain m'a défendu d'accepter de l'argent. Tout ce que je demanderais à monsieur le comte, ça serait de me tenir au courant, parce que je m'intéresse beaucoup à toutes les histoires...

D'ALVIMAR, à lui-même, haussant les épaules.

Incorruptible! diantre! oui, mais par bonheur sot et curieux! (Haut.) Il paraît que tu aimes les secrets; tu sais aussi les garder, je suppose...

CLINDOR.

Oh! là-dessus on peut être tranquille!

D'ALVIMAR.

Eh bien, — nous n'avons qu'une minute, — écoute et comprends vite. Je pourrai te donner un rôle dans un grand mystère.

CLINDOR, avec joie.

Ah! vraiment?

D'ALVIMAR.

Tu as seul la garde du pavillon qu'habite madame Lauriane?

CLINDOR.

Oui, seul — avec quatre femmes.

D'ALVIMAR.

J'ai le projet de ménager, d'ici à demain, à madame Lauriane une surprise.

CLINDOR.

Une surprise!

D'ALVIMAR.

Veux-tu m'y aider?

CLINDOR.

Je crois bien! Qu'est-ce que c'est? un cadeau? un divertissement?

D'ALVIMAR.

Tu le sauras en temps utile, et tu m'aideras, c'est dit?

CLINDOR.

C'est dit, seulement...

D'ALVIMAR.

Silence! voici monsieur de Beuvre et sa fille. Laisse-nous.

CLINDOR.

Mais...

D'ALVIMAR.

Laisse-nous, et attends mes dernières instructions.

CLINDOR.

Quel ennui! on ne vous dit jamais que des demi-mots, pour vous mettre seulement l'eau à la bouche! (Il sort.)

SCÈNE II.

LAURIANE, DE BEUVRE, D'ALVIMAR.

DE BEUVRE.

... Oui, oui, j'ai à vous faire un grand compliment, Lauriane.

LAURIANE.

Dans votre bouche, cher père, compliment signifie ordinairement moquerie.

DE BEUVRE.

Je n'ai pourtant guère envie de rire. Savez-vous, ma fille, que vous avez un nouveau et admirable prétendant?

LAURIANE.

Faites-vous donc toujours la guerre à notre excellent marquis?

DE BEUVRE.

Non, il n'est pas question du marquis. Il était fort redoutable, mais celui-ci est irrésistible!

LAURIANE.

De qui parlez-vous alors?

DE BEUVRE.

Vous n'en avez pas le soupçon? Vous ne sauriez le deviner?

LAURIANE.

Non, vraiment.

DE BEUVRE.

Eh bien, il s'agit de ce virtuose, de ce joueur de musette, de ce Jovelin!

LAURIANE.

Je ne vous comprends toujours pas, mon père; que voulez-vous dire?

D'ALVIMAR.

Votre père veut dire, madame, que cet indigne a osé lever les yeux jusqu'à vous.

LAURIANE, fièrement.

Oh!... — C'est vous, monsieur, qui me l'apprenez.

D'ALVIMAR.

J'en aurais fait le serment. Mais je vous apprends la vérité.

LAURIANE.

Permettez-moi d'en douter encore.

DE BEUVRE.

Vous en doutez? — A qui avez-vous donné hier votre bouquet? Au petit Mario, n'est-ce pas?

LAURIANE.

Oui, il me l'a demandé en votre présence. Un enfant !

DE BEUVRE.

Cet enfant ne vous le demandait pas pour lui, mais pour son ami Jovelin.

LAURIANE.

Est-ce possible !

DE BEUVRE.

On l'a vu le lui remettre.

LAURIANE.

Si c'était vrai !

DE BEUVRE.

Eh ! oui, c'est vrai, avéré, prouvé, vous dis-je ! — Et tellement que de ce pas je vais trouver Bois-Doré pour lui demander si c'est son plaisir que dans sa maison ma fille soit insultée par ses gens.

LAURIANE.

Vous ne ferez pas cela, mon père !

DE BEUVRE.

Et pourquoi ne le ferais-je pas ? Si, comme on vous en a suppliée, vous aviez voulu vous choisir un défenseur, je n'aurais pas aujourd'hui à punir un pareil affront. Mais vous n'allez pas faire la généreuse, je pense ! vous ne pousserez pas la bonté d'âme, après avoir accepté parmi vos courtisans un vieillard, jusqu'à y souffrir un vilain !

LAURIANE.

Vous êtes sévère pour moi, monsieur. Je vous prie cependant de me laisser terminer seule cette affaire ; elle n'a eu déjà que trop d'intermédiaires et de témoins. (Mario se montre sur le seuil de la porte de droite.) Voici Mario. Je désire l'interroger ; je désire m'expliquer ensuite avec maître Jovelin, et vous devez savoir que je ne dirai et ne ferai rien qui ne soit conforme à ma dignité.

D'ALVIMAR.

Madame a raison, monsieur.

DE BEUVRE.

Soit ! faites donc justice vous-même, Lauriane. Mais faites-la bonne et prompte, si vous ne voulez pas que j'intervienne un peu plus rudement que vous.

D'ALVIMAR, s'inclinant avec un sourire équivoque.

Oh! l'on peut s'en rapporter à la fierté de madame! (Ils sortent.)

SCÈNE III.

LAURIANE, MARIO.

MARIO, s'approchant.

Madame, Jovelin est là qui demande s'il peut venir vous présenter les paroles du sonnet que j'ai chanté hier.

LAURIANE.

Avant de l'appeler, réponds-moi, Mario. Qu'as-tu fait de ces fleurs que tu m'avais demandées?

MARIO.

Bon Dieu! qui vous a dit?...

LAURIANE.

Réponds, qu'en as-tu fait?

MARIO.

Madame... — voilà la vérité. Hier, après cette séance de bonne aventure, j'ai rejoint Jovelin dans le jardin. J'étais bien content de la manière dont il avait parlé à M. d'Alvimar. Je lui ai dit : « Tu m'as défendu comme il faut; tiens, pour te remercier, voilà le bouquet que madame Lauriane m'a donné, je te le donne. »

LAURIANE.

Et pourquoi le lui donnais-tu? Et comment l'a-t-il accepté?

MARIO.

Madame!... puisqu'on nous a vus, tant mieux! c'est un mal pour un bien; je vas oser vous parler selon mon cœur. — Voyez-vous, chère madame, je réponds que le grand danger que le sort vous a prédit hier, ce serait d'épouser monsieur d'Alvimar. Oh! comme vous seriez malheureuse avec lui!... Et cependant, vous ne seriez pas non plus heureuse avec les autres. Il faut donc que vous en espériez un autre.

LAURIANE.

Mais ce que tu me dis là est fou, mon enfant!

MARIO.

Ah! vous êtes comme Jovelin, vous ne voulez pas croire. Mais moi je sens que j'ai raison, je sens que le bon Dieu vous garde, je sens que vous finirez par connaître qui vous perd et par aimer qui vous aime. C'est fou, c'est incroyable, c'est impossible, — mais ça sera!

LAURIANE, souriant tristement.

D'ici à demain?

MARIO.

Oui! et voilà déjà que ça commence! on vous a dit un des secrets de Jovelin; pour lors je suis forcé, moi, de lui en trahir un autre : — Il est pauvre, il est malheureux, oui, — mais il est d'aussi bonne naissance que vous.

LAURIANE, vivement, en se levant.

Il est gentilhomme!

MARIO.

Oh! et un vrai, lui! pas seulement de nom, de cœur! Il est bon, il est brave, il est grand! c'est celui-là qui saurait vous défendre! c'est celui-là qui pourrait vous sauver! Et maintenant, voyez-le, écoutez-le, parlez-lui. — (Appelant.) Jovelin! viens, Jovelin!

LAURIANE.

Que fais-tu?

MARIO.

Eh bien! je l'appelle! — Croyez à tout ce que j'ai dit de lui, mais ne le lui répétez pas, il ne le croit pas lui-même. Oh! si vous saviez! depuis huit jours que nous sommes ici, il pleure, il souffre, je le lui cache, il faut le lui cacher, mais je sens ses larmes... (Entre Jovelin.) Ah! te voilà, Jovelin! parle. Parle à madame. Parle à ton tour selon ton cœur. (Il sort.)

JOVELIN.

Mon Dieu! que dit-il?

SCÈNE IV.

LAURIANE, JOVELIN.

LAURIANE, après un silence.

Avant tout, monsieur, je dois vous redemander ces fleurs.

JOVELIN.

Ces fleurs... ces fleurs, madame?...

LAURIANE.

Celles que Mario vous a données hier.

JOVELIN.

Vous savez?... Mario vous a dit?...

LAURIANE.

On l'a vu vous remettre le bouquet.

JOVELIN.

Ah! toute joie ne sera-t-elle pour moi qu'un malheur déguisé!
— Madame, ne m'accablez pas! J'aurais dû, c'est vrai, refuser ces
fleurs et gronder Mario; je ne l'ai point fait, j'ai eu tort, grand
tort; mais j'en suis bien puni, vous êtes offensée, je vois le dédain
sur ce doux visage où je n'ai vu jamais qu'indulgence. Cependant,
si grande que soit ma faute, l'est-elle donc plus que votre bonté?
— Vous vous taisez? qu'y a-t-il encore? Mario n'a pas pu vous
dire autre chose?

LAURIANE.

Si fait! on soupçonne, on dit, et Mario m'a laissé entendre...

JOVELIN.

Quoi donc?

LAURIANE.

Que votre pensée s'est égarée vers moi... que vous avez fait le
rêve... enfin, monsieur, que vous oseriez m'aimer.

JOVELIN.

Oh! paroles d'enfant, dont l'ingénuité même m'absout! Vous
n'avez pas cru, vous n'avez pas pu croire qu'un mot, une allusion,
un signe de moi les ait autorisées!

LAURIANE.

Non, je ne l'ai pas cru! — Mais pour que personne ne le croie, pour que je puisse l'affirmer et vous défendre, dites-moi, monsieur, jurez-moi que jamais ce rêve n'a traversé votre esprit.

JOVELIN.

Comment! il faut vous dire, vous jurer?...

LAURIANE.

Il le faut.

JOVELIN.

Eh bien... — Oh! madame, non, par grâce! demandez-moi mon sang et ma vie! mais quoi! mon âme, le mystère et le secret de mon âme! en vérité, cela n'est à personne, pas même à vous, pas même à moi peut-être! Ne me demandez pas cela, madame!

LAURIANE.

Mais songez-y donc! ne pas répondre *non* à ma question, serait répondre *oui*.

JOVELIN

Hélas! pourquoi me la faites-vous cette question cruelle? Il se peut que, dans ma triste condition, une parole de moi semble un outrage. Mais mon silence est-il aussi un crime? Dois-je rendre compte de ma souffrance cachée? Mes larmes ne m'appartiennent-elles plus? et pourvu qu'enfin je me taise, n'est-ce pas mon droit de mourir?

LAURIANE, émue.

Mourir! souffrir!... Oh! je ne veux pas que vous souffriez! Je ne vous interrogerai plus, c'est bien! — Seulement, que faire?... ah! je vais partir.

JOVELIN.

Partir!

LAURIANE.

Oui. Monsieur d'Alvimar vous accuse, mon père s'indigne. Il faut prévenir un éclat, peut-être un malheur. Je vais demander à quitter ce château aujourd'hui, tout de suite. Je dirai que je désire ne faire connaître demain ma résolution que chez nous, chez mon père. On trouvera cela tout naturel.

JOVELIN.

Mais monsieur d'Alvimar, mais les autres vous suivront?

LAURIANE.

Que voulez-vous? mon père ne me laissera certainement pas là
où vous êtes.

JOVELIN.

Mais alors, ce n'est pas à vous, c'est à moi de partir.

LAURIANE.

Ah! si vous vous décidez à continuer votre route un peu plus
tôt...

JOVELIN.

Vous resterez, n'est-ce pas? vous resterez! Mais le danger
aussi restera avec vous!

LAURIANE.

Quel danger? vous parlez à présent comme Mario.

JOVELIN.

Oui, je parle comme lui, je pense comme lui. Mon Dieu! votre
danger, pauvre âme en détresse, il faudrait... il faudrait vous le
faire toucher du doigt d'abord, il faudrait vous y arracher ensuite. — Et c'est en ce moment qu'on me force de partir!

LAURIANE.

L'un de nous deux doit avoir aujourd'hui quitté ce château.

JOVELIN.

Et vous devez être mariée demain! — Madame, que me deman-
diez-vous tout à l'heure? de dire que je ne vous aime pas?

LAURIANE, vivement.

Mais vous me l'avez refusé!

JOVELIN.

Je ne vous aime pas, madame! je ne vous aime pas! — Et
comment voulez-vous que je vous aime? Sommes-nous de la même
sphère? Ne suis-je pas pauvre, errant, sans nom et sans asile?
Y a-t-il quelque chose de commun entre vous et moi? Non, non,
je ne vous aime pas!... Je vous ai vue belle, bonne, adorable, et
en même temps manquant d'une protection clairvoyante et forte,

exposée à des trahisons terribles, à des malheurs certains; alors, moi qui ne suis rien, je me suis intéressé à vous, je me suis dévoué à vous en silence, je donnerais avec ivresse ma vie pour votre salut! Mais il est évident que je ne vous aime pas!... Tenez, en voulez-vous la preuve? c'est que je voudrais être votre frère! oui, pour avoir le droit de prendre vos mains dans les miennes, de poser votre tête sur mon épaule, et de vous parler cœur à cœur, de vous conseiller, de vous consoler, de vous défendre! pour avoir le droit enfin de vivre et de mourir pour vous!... Vous le voyez donc bien, je ne vous aime pas, madame, je ne vous aime pas!

LAURIANE, éperdue.

Ah! plus un mot, par grâce!

JOVELIN.

Et maintenant me permettra-t-on de rester?

LAURIANE.

Maintenant plus que jamais c'est impossible! (Rentre Mario.) Ah! Mario, te voilà!

MARIO.

Eh bien, madame, êtes-vous encore fâchée? m'en voulez-vous?

LAURIANE, avec effusion.

Non, je ne suis pas fâchée! non, je ne t'en veux pas! Embrasse-moi, Mario! Garde mon bouquet, cher enfant!... Et adieu, adieu! (Elle sort précipitamment.)

SCÈNE V.

JOVELIN, MARIO.

MARIO.

Elle sort comme si elle s'enfuyait. Qu'a-t-elle donc?

JOVELIN.

Ne me le demande pas! je n'ose y réfléchir, j'ai peur d'y croire! Ce qu'il y a de sûr, ce qu'il y a d'effrayant, c'est qu'il faut que nous nous en allions d'ici sur l'heure.

MARIO.

Nous en aller d'ici! quitter ce bon monsieur de Bois-Doré! Ah!

4.

je ne sais pas, il me semble qu'il ne faut pas le faire! il me semble que j'aurais tort!

JOVELIN.

Oui, toi, Mario, tu peux, tu dois rester peut-être.

MARIO.

Mais toi, vas-tu donc laisser le champ libre à monsieur d'Alvimar?

JOVELIN.

Non! non, certes! Peut-être, après tout, me sera-t-il plus aisé d'atteindre hors de cette maison l'hôte de cette maison.

MARIO.

Oh! mais tu ne sais pas ce qu'il projette! Tout à l'heure, Clindor vient de m'aborder avec son air de mystère; il m'a demandé : « Est-ce que vous êtes de la surprise! — Quelle surprise? — Hé! celle que monsieur d'Alvimar prépare à madame Lauriane! ne serait-ce point quelque jolie musique? » J'ai fait semblant d'en savoir autant et plus que lui. Mais il ne sait pas grand'chose. Il présume seulement que ce serait pour ce soir ou pour cette nuit. Monsieur d'Alvimar lui a dit qu'il pourrait le servir, ayant la garde du pavillon de madame Lauriane.

JOVELIN.

Juste Dieu!

MARIO.

Veux-tu encore t'en aller à présent?

JOVELIN.

Hé! il ne s'agit pas de ce que je veux, mais de ce que je peux! N'importe! jusqu'à la dernière minute, je lutterai, je lutterai! Oui, démontrer à Lauriane ce qu'est cet homme, et puis la sauver de cet homme, Dieu m'en offre peut-être l'occasion en ce moment. Où est Clindor?

MARIO.

Au pavillon!

JOVELIN.

J'y cours... Monsieur de Bois-Doré!... Qu'il ne me voie pas. Toi, parle-lui, annonce-lui que je suis contraint de partir. (Il sort en courant.)

MARIO, seul.

Partir! pourquoi donc ce mot-là m'arrache-t-il le cœur?...

SCÈNE VI.

MARIO, BOIS-DORÉ.

BOIS-DORÉ.

N'est-ce pas Jovelin qui s'éloigne, mon petit Mario? J'avais précisément à m'entendre avec lui. Je donne à madame Lauriane, pour cette dernière soirée, le spectacle d'une chasse aux flambeaux, et pendant la chasse, et pendant le souper qui suivra, il nous faudrait de belles fanfares bien sonnantes.

MARIO.

Jovelin ne pourra pas vous servir en cette occasion, monsieur le marquis; nous voilà obligés de quitter le château avant ce soir.

BOIS-DORÉ, avec douleur.

Oh! que me dis-tu là, Mario! et pourquoi donc ce départ précipité?

MARIO.

Il n'y a pas de notre faute, allez, monseigneur!

BOIS-DORÉ.

J'espère que personne de la maison ne vous a causé de peine.

MARIO.

Oh! nous avons été traités avec une douceur et une amitié sans égales; je serais bien ingrat de dire autrement! Et j'ai le cœur gros de penser que je vais quitter des personnes si bonnes et si chères.

BOIS-DORÉ.

Je m'étais aussi attaché à toi, Mario. J'avais pris tout de suite la douce habitude de te voir près de moi, chez moi. Tu étais déjà pour moi ce qu'on appelle, d'un nom si tendre, l'enfant de la maison... Mario! à moins que tu ne sois heureux autre part, reviens vers moi, entends-tu, reviens vers moi; nous pourrons nous consoler ensemble; car, si nos âges nous séparent, nos destinées nous rapprochent, toi qui cherches ta famille, moi qui ai perdu mon frère et son fils.

MARIO.

Ah! vous avez aussi perdu des parents, mon bon monsieur?

BOIS-DORÉ.

Oui, Mario, oui. Et c'est étrange! depuis que tu es ici, depuis hier surtout, je te regarde, je te suis des yeux, et chaque fois que je te vois passer, marcher, parler, je m'imagine revoir l'apparition de mon cher frère enfant.

MARIO.

Ah! je ressemble à votre frère, monsieur?... Et votre frère avait un fils?... C'est donc pour ça que vous m'interrogiez hier avec tant d'inquiétude?

BOIS-DORÉ.

Oui, au moment où je me croyais résigné, j'avais encore entrevu je ne sais quelle espérance...

MARIO.

Une espérance!

BOIS-DORÉ.

Bien vite évanouie, hélas! J'ai la preuve, Mario, la preuve matérielle que je m'étais trompé.

MARIO, tristement.

Ah! vous avez la preuve?...

BOIS-DORÉ.

Oui, mon pauvre petit.

MARIO.

Pardon! quelle preuve donc, monsieur?

BOIS-DORÉ.

Eh! mon Dieu! la date et le lieu de la mort de ton père ne se rapportent nullement aux dernières nouvelles reçues du frère que je pleure.

MARIO, tout tremblant.

La date! vous avez dit la date, monsieur! C'est une différence de date qui vous a montré votre erreur?

BOIS-DORÉ.

Sans doute.

MARIO.

Oh ! excusez-moi ! si j'osais... si j'osais vous demander...

BOIS-DORÉ.

Parle.

MARIO.

Est-ce que vous auriez, dites-moi, de l'écriture de votre frère ?

BOIS-DORÉ.

J'ai là toutes ses lettres, mes tristes et douces reliques.

MARIO.

Oh ! monsieur, je vous en prie, ayez la bonté de m'en faire voir une.

BOIS-DORÉ.

Volontiers, cher petit. (Il va à la crédence.) Mais ne va pas espérer à ton tour ! — Tiens, voici sa dernière lettre, celle qui ne m'a pas laissé de doute. Regarde.

MARIO regarde, tombe à genoux, et les mains jointes.

Bonté divine !

BOIS-DORÉ.

Qu'as-tu ?

MARIO, se relevant.

Attendez ! (Il s'élance dehors.)

BOIS-DORÉ, tremblant à son tour.

Pauvre enfant ! lui aussi, il veut se faire illusion. Mais pour la centième fois, je relis cette date : *de Gênes, le 16ᵉ jour de juin.* — C'est bien loin des Pyrénées ! C'est bien après le 14 mai !

MARIO, rentre en courant, haletant, un pli à la main.

Tenez, prenez, lisez.

BOIS-DORÉ, lisant la suscription.

« A monsieur de Luynes. » Eh bien, c'est la lettre que tu vas porter à Paris ?

MARIO.

Oui, mais dedans il y en a une autre ; une autre que j'ai lue mille fois, que je sais par cœur. Voyez ! voyez !

BOIS-DORÉ.

Ah! qu'est-ce que c'est? Qu'est-ce donc que ce papier ainsi taché?

MARIO.

Ce sont des taches de son sang!

BOIS-DORÉ.

Du sang de qui? — Hé! Seigneur! monseigneur Dieu qui êtes au ciel! je ne suis pas halluciné! c'est l'écriture, c'est le vrai caractère de mon frère chéri!... Et ce sang!... Mario, où as-tu pris cela? D'où vient cette lettre?

MARIO.

On l'a trouvée sur mon père!

BOIS-DORÉ.

Sur ton père!

MARIO.

Lisez donc, monsieur! lisez!

BOIS-DORÉ.

Oui, oui, certainement! je vais lire... Mais je ne vois pas, moi, je ne peux pas... Lis, toi, mon enfant, lis toi-même.

MARIO.

Oui, et suivez avec vos yeux. (Lisant.) « Monsieur et bien cher « frère, n'ayez point égard à la lettre que vous recevrez de moi « après celle-ci, et que je vous ai par avance écrite de Gênes à la « date du seizième jour du mois prochain, en prévision d'une « longue et périlleuse absence, où vous auriez pu être trop in- « quiet par le manque de mes nouvelles... » Voyez-vous! « Au- « jourd'hui, le père de ma femme n'est plus, sa mère nous appelle « à Madrid et nous pardonne, et j'espère pouvoir, d'ici à un mois, « conduire dans vos bras cette bien-aimée femme et mon cher petit « enfant... »

BOIS-DORÉ, interrompt Mario, le prend dans ses bras, et le couvre silencieusement de baisers et de larmes.

Continue.

MARIO.

Il n'y a plus que quelques mots. « ...La mère a déjà rompu « pour nous avec le comte Sciarra, ce fils de son premier mariage

« qui, sous couleur de zèle religieux, nous persécutait pour s'em-
« parer des grands biens de sa sœur... » Et puis, voyez, la lettre
a été interrompue. Il n'y avait pas votre nom dessus. Ma mère,
morte de saisissement et de douleur, n'a pu parler dans son délire. Et seul, perdu sur cette terre, il n'est resté que le petit orphelin.

BOIS-DORÉ.

Orphelin, tu ne l'es plus ! enfant de mon frère, tu es mon enfant ! Je l'ai, le voilà, il est retrouvé, mon bien, mon héritier, mon
fils, la plus grande joie de ma vie ! Comme il est beau ! comme tu
es beau ! Moi aussi j'étais seul, Mario, tout seul. Mais à présent
j'ai quelqu'un à aimer, à présent quelqu'un m'aimera. Mais embrasse-moi donc ! embrasse-moi donc encore ! pense que tu as été
quatorze ans sans m'embrasser !

MARIO.

Allez ! vous pouvez m'aimer de toutes vos forces, je vous le
rendrai bien ! (Les yeux au ciel.) N'est-ce pas, tu le veux, mon cher
père ? Je l'aimerai comme je t'aime.

BOIS-DORÉ.

Ton père !... ah ! tiens, tu me l'avais fait oublier, tant tu me le
rappelles ! Ton père ! il est mort assassiné, Mario ! nous avons
donc à trouver et à punir un meurtrier.

MARIO.

Oh ! j'ai un indice, — peut-être une preuve.

BOIS-DORÉ.

Qu'est-ce donc ?

MARIO.

Je vous ai dit que l'adversaire de mon père s'était enfui laissant son poignard ; et cette arme de mort, je l'ai. Tenez, la voici.

BOIS-DORÉ.

Ah ! Mario, que cela est cruel à regarder ! Mais, tu as raison,
si nous savions à qui appartient cette arme, la preuve serait acca-
blante. Et, je me rappelle, tu soupçonnes quelqu'un ! tu as cru reconnaître quelqu'un !

MARIO, hésitant.

Oui, mais...

BOIS-DORÉ.

Oh! parle, parle sans crainte! Je ne suis qu'un vieillard et tu n'es qu'un enfant, mais nous sommes forts puisque nous sommes deux.

MARIO.

Grâce à Dieu, nous sommes trois, mon père! car maintenant Jovelin ne partira pas!

SCÈNE VII.

LES MÊMES, D'ALVIMAR, DE BEUVRE.

D'ALVIMAR.

Jovelin est parti.

DE BEUVRE.

Je viens de le chasser.

MARIO, terrifié.

Oh!

BOIS-DORÉ, à Mario.

Attends! je vais dire qui tu es.

MARIO, bas à Bois-Doré, se serrant contre lui avec effroi.

Non! non! pas encore! il ne reste que l'enfant et le vieillard, et s'il allait vous tuer aussi!

BOIS-DORÉ, bas.

Dieu! celui que tu soupçonnes?...

MARIO, bas.

Le voilà!

BOIS-DORÉ.

D'Alvimar!

FIN DU TROISIÈME ACTE.

ACTE QUATRIÈME

Salle dans le pavillon de Lauriane. Au fond, large porte-fenêtre à vitraux de couleur, donnant sur une terrasse couverte d'orangers et de lauriers-roses. Dans toute la première partie de l'acte, il est nuit. La porte-fenêtre est fermée, et les vitraux restent obscurs. Portes à droite et à gauche dans des pans coupés. Porte dérobée à gauche.

SCÈNE PREMIÈRE.

CLINDOR, puis D'ALVIMAR et DE LUCENAY.

CLINDOR, entrant par la droite, avec un valet qui porte deux candélabres.

Posez ces flambeaux là — et là. On va se rendre dans ce pavillon de madame Lauriane, comme d'habitude après le souper. Seulement, vous n'aurez pas à faire monter à leur estrade les musiciens, (il désigne la porte du fond.) il est trop tard pour qu'il y ait sérénade. (Le valet sort. Entrent, par la droite, d'Alvimar et de Lucenay. D'Alvimar fait signe à Clindor de rester.)

DE LUCENAY, montrant des papiers qu'il tient.

... Notre courrier de Bourges arrive à l'instant, monsieur le comte. J'ai fait porter chez vous les documents que vous attendiez, la liste de ces hérétiques d'Italie réfugiés en France. Et, ma foi! vous aviez raison, il y a parmi eux trois ou quatre condamnés à mort, pour lesquels monsieur de Concini s'est engagé à l'extradition.

D'ALVIMAR.

Quand je vous le disais! Et voilà qu'à présent ce Jovelin doit être loin et nous échappe!

DE LUCENAY.

Oh! mais était-il au nombre de ces condamnés? (Il parcourt ses dépêches.)

5

D'ALVIMAR, très-agité, va à Clindor, et, à voix basse.

Deux mots, vite. (Désignant la porte de gauche.) Cette porte donne dans l'appartement de madame Lauriane?

CLINDOR.

Oui, — et voilà celle de l'escalier de service.

D'ALVIMAR, désignant la porte-fenêtre.

De ce côté?...

CLINDOR.

La terrasse.

D'ALVIMAR.

L'étage du pavillon est assez élevé, il me semble?

CLINDOR.

Vingt pieds au-dessus du sol.

D'ALVIMAR.

A merveille!

CLINDOR.

Je crois, monsieur, que je l'ai devinée, la surprise!

D'ALVIMAR.

C'est bon! en voilà assez! — (Revenant à Lucenay.) Y a-t-il là des lettres de Paris, monsieur le gouverneur?

DE LUCENAY, d'un air préoccupé.

Oui, oui... mais on m'annonce pour demain matin des dépêches plus certaines.

D'ALVIMAR.

Comment! se passe-t-il quelque chose? La reine et monsieur le maréchal vont bien?

DE LUCENAY.

Certainement, et le roi aussi. (A part.) Ma foi! à demi-nouvelles demi-mots. Attendons.

D'ALVIMAR.

Ah! madame Lauriane! (A lui-même.) Ah! j'ai la fièvre! Eh bien, tant mieux! c'est ce qu'il faut!

SCÈNE II.

D'ALVIMAR, DE LUCENAY. Entrent LAURIANE,
DE BEUVRE, GUILLAUME.

DE BEUVRE.

... Allons! convenons que les façons de notre cher marquis sont
un peu étranges, ce soir! Il nous fait dire de partir sans lui à cette
magnifique chasse aux flambeaux, et qu'il va nous rejoindre. Je
croyais le voir apparaître à chaque carrefour de sa forêt illuminée.
Personne. Nous rentrons, Adamas nous prie de sa part de ne point
l'attendre pour le souper : il va venir après le premier service. Il
n'était pas arrivé après le cinquième!

D'ALVIMAR.

Tout ceci est en effet assez inquiétant!

GUILLAUME.

Oh! le marquis vient de nous faire informer que nous allions
pour sûr le revoir ici, chez madame Lauriane, et le choix du lieu
de rendez-vous est d'heureux augure.

DE LUCENAY.

Il y a sous ces mystères quelque merveille inattendue. Monsieur
de Bois-Doré veut faire de la dernière nuit que passe chez lui
madame, une nuit enchantée.

LAURIANE.

Moi, tout ce que je désire, c'est qu'il nous revienne. — D'ailleurs, à cette chasse, à ces illuminations, à ces fanfares, je préfé-
rais notre douce sérénade de chaque soir.

D'ALVIMAR.

Il est vrai que Madame est depuis tantôt bien triste et bien
silencieuse !

DE BEUVRE, riant.

Eh! mordi! messieurs, c'est depuis qu'elle ne voit plus celui
qu'elle aime.

LAURIANE, tressaillant.

Celui que j'aime!

DE BEUVRE.

Eh! sans doute; je veux dire le Céladon incomparable, l'irrésistible marquis!

D'ALVIMAR, bas à de Beuvre.

Avez-vous remarqué qu'elle a tressailli?

DE BEUVRE, bas à d'Alvimar.

Bah! vous rêvez, mon cher comte! Qu'est-ce qui peut encore vous porter ombrage? Ne m'avez-vous pas vu et entendu évincer de la bonne manière le mystérieux musicien?

D'ALVIMAR.

Oui, mais l'enfant est resté!

DE BEUVRE.

Eh non! — L'on ne l'a plus revu ce soir; il aura rejoint son camarade.

D'ALVIMAR.

Merci!

DE BEUVRE, haut, reprenant.

Mais vous avez beau dire tous, vous avez beau en particulier, vous, d'Alvimar, croire peut-être à votre triomphe et vous pavaner dans votre sécurité, je répète qu'à votre place à tous, je tremblerais devant le jeune, devant le beau monsieur de Bois-Doré.

ADAMAS entre et annonce à voix haute.

Messieurs de Bois-Doré.

DE BEUVRE.

Enfin! — Mais tu t'es trompé, mon brave Adamas; tu as voulu dire : Monsieur de Bois-Doré.

ADAMAS, répétant.

Messieurs de Bois-Doré!

SCÈNE III.

LES MÊMES. BOIS-DORÉ s'appuyant sur l'épaule de MARIO. Il
n'a plus de perruque ni de fard; ses cheveux sont blancs; il est vêtu très-sim-
plement de velours brun. Mario est en habit de satin blanc, relevé de jais blanc,
feutre blanc à plume blanche ; petite rapière ornée de perles.

LAURIANE et D'ALVIMAR.

Mario !

BOIS-DORÉ, à de Beuvre.

Adamas ne s'est pas trompé, mon vieux camarade. Le marquis
de Bois-Doré a l'honneur de vous présenter à tous son neveu Mario, comte de Bois-Doré.

D'ALVIMAR, foudroyé.

Mario, le fils du comte !

DE BEUVRE.

Se peut-il ! est-ce là, marquis, le fils de votre frère ?

BOIS-DORÉ.

Oui, son fils, et par conséquent le mien, mon ami. Vous voyez
que la prédiction d'hier avait raison et que me voici père.

LAURIANE, embrassant Mario.

Cher Mario ! que je suis contente !

GUILLAUME.

Votre main, mon jeune cousin.

MARIO.

Ah ! on est bon pour moi comme l'a été Dieu !

BOIS-DORÉ.

Je tenais, mes chers hôtes et amis, à vous faire part de ma meil-
leure richesse et de mon plus précieux bonheur, c'est-à-dire de
mon enfant bien-aimé. Et vous comprenez maintenant pourquoi
nous avions disparu : il s'agissait d'improviser à mon héritier une
toilette un peu convenable.

GUILLAUME.

Eh! mais à vous aussi, cousin!

DE LUCENAY.

C'est vrai, vous ne paraissez plus du tout le même!

LAURIANE.

Oh! vous êtes bien mieux ainsi!

BOIS-DORÉ.

N'est-ce pas, Lauriane? les cheveux blancs, cela sied à un père. Un enfant m'a changé avec un baiser. Et ma foi! l'*Astrée* n'est décidément pas aussi belle que ce que je sens dans mon cœur!

DE BEUVRE, riant.

Oui-da, monsieur mon futur gendre, voilà des façons qui me donnent quelque inquiétude; est-ce que, par hasard, après avoir si gravement atteint le cœur de ma fille, vous penseriez à reprendre votre parole?

BOIS-DORÉ.

Non, je ne la reprends pas. Seulement je demanderai à Lauriane de lui engager celle de Mario à la place de la mienne. — Vous ne contesterez pas, je pense, compère, qu'il ne soit, lui, le jeune et le beau monsieur de Bois-Doré.

MARIO, souriant à Lauriane d'un air d'intelligence.

Madame connaît et comprend ma pensée; elle m'avait reçu déjà pour son serviteur, me permettra-t-elle de continuer à l'être?

LAURIANE, même ton.

De tout mon cœur, cher comte.

DE BEUVRE, bas à d'Alvimar.

Ah ça! mordi! est-ce que nous n'avons fait que changer de folie!

D'ALVIMAR, à part.

Oh! plus que jamais je dois agir!

DE BEUVRE, à Mario.

Tu entres un peu tard et un peu tôt dans la lice, mon jeune ami, et tu n'auras eu guère que le loisir de te montrer : la nuit s'est fort avancée dans tous ces retards, il est grandement l'heure d'aller prendre quelque repos, et c'est demain, demain matin que Lauriane doit avoir prononcé son arrêt.

LAURIANE.

Demain matin !

MARIO.

Nous allons donc vous laisser, madame, et il est bien vrai que j'ai devant moi peu de temps. Qui sait cependant si, dans ce court espace, je ne pourrai pas vous donner quelque témoignage du zèle et du respect dont mon cœur est tout plein pour vous ?

BOIS-DORÉ.

D'abord, Mario dispose désormais de tout dans ce château ; il est, à ma place, le seul maître ici des biens et des gens, le seul ordonnateur de tout ce qui s'y fera. Nous sommes chez lui, mes amis. Moi j'ai abdiqué. — N'avez-vous pas donné le signal du départ, mon cher comte ? Nous vous disons donc adieu, Lauriane.

MARIO.

Adieu, madame ! (Tous saluent Lauriane.)

D ALVIMAR, à part, regardant Mario avec colère.

Le seul maître de tout ce qui se fera dans le château ! oh ! excepté de ce que moi j'y veux faire !

BOIS-DORÉ.

Viens, mon fils, que je m'appuie sur toi. Vraiment oui, je peux être un vieillard à présent : j'ai mon bâton de vieillesse ! (Tous sortent.)

D'ALVIMAR, sortant le dernier et saluant Lauriane.

Adieu, madame. A demain.

SCÈNE IV.

LAURIANE, seule, UNE CAMÉRISTE.

LAURIANE.

Demain ! demain ! ainsi je n'en suis plus à compter les jours, mais les heures, bientôt les minutes !...

UNE CAMÉRISTE, entrant.

Madame va-t-elle passer maintenant chez elle?

LAURIANE.

Non, tout à l'heure; allez, je vous appellerai. (La camériste sort.) Ah! j'avais hâte, et en même temps j'ai peur d'être seule. Je suis comme un voyageur qui marche et doit marcher perdu dans l'obscurité, sachant qu'il côtoie des abîmes. Qui me dirigera? que résoudre? plus de conseil, plus de lumière, plus d'appui : il n'est même plus là le seul ami qui m'ait crié : courage! — Si encore je n'avais qu'à attendre et qu'à subir ma destinée! mais non, il faut que je la fasse, il faut que j'agisse et que je décide, il faut que je dise : voilà mon fiancé, voilà mon mari! il le faut, non pas pour moi, mon Dieu, mais pour mon père. — Ah! je sais bien ceux que je voudrais rejeter, mais celui que je voudrais choisir?... — Allons! ma propre pensée m'épouvante à présent! — Ne m'abandonnez pas, mon Dieu! — Ce d'Alvimar, là, tout à l'heure encore, son regard m'a glacée! Oui, on avait raison, il est l'ennemi, il est le danger! et je sais enfin quel est le sentiment que j'éprouve à sa vue : il me fait peur!

SCÈNE V.

LAURIANE, D'ALVIMAR, entrant par la porte dérobée à gauche.

D'ALVIMAR.

C'est moi! ne craignez rien, Lauriane.

LAURIANE.

Vous! vous ici! suis-je éveillée?... Vous, là, chez moi, seul, la nuit! Oh! mais comment? pourquoi? qu'est-ce que c'est?... quel est votre dessein, monsieur?

D'ALVIMAR, calme et froid.

Vous allez le savoir, Lauriane. Je suis de ceux qui marchent droit à leur passion et à leur but. D'ici à très-peu d'heures, vous prononcez sur mon sort; endurer plus longtemps cette anxiété est

au-dessus de mes forces; je ne veux pas, je ne dois pas, je ne
peux pas vous perdre; je viens chercher une promesse qui me
rassure et qui vous lie, un mot, rien qu'un mot, mais qui soit
comme un serment. J'attends ce mot, Lauriane, je l'attends.

LAURIANE, tremblante et d'une voix brisée.

Laissez!... voilà que je rassemble mes idées! et je n'ai en effet
qu'un mot à vous dire : Sortez!

D'ALVIMAR.

Soit, je sortirai, Lauriane; je sortirai sans être vu. Mais quand
vous m'aurez dit le *oui* que je réclame.

LAURIANE.

Non, avant toute chose, sortez... Sortez! oh! je vous en prie!

D'ALVIMAR.

Enfin, ce matin, tout à l'heure, qui allez-vous choisir? Ce n'est
pas, je suppose, ce vieillard, qui d'ailleurs s'est exclu lui-même?

LAURIANE.

Les minutes passent, monsieur...

D'ALVIMAR.

Vous n'allez pas non plus sans doute pour la seconde fois
épouser un enfant?

LAURIANE.

Les minutes passent, et vous ne partez pas!

D'ALVIMAR.

Reste Guillaume et Lucenay; mais sont-ils faits pour vous,
madame? et maintenant que votre âme fière et haute a entrevu sa
vraie destinée, est-ce que vous pourriez dire à l'un d'eux que
vous l'aimez?

LAURIANE, sans conscience de ce qu'elle dit.

Oh! non!

D'ALVIMAR.

Vous voyez!

LAURIANE.

Mais vous voyez aussi que vous restez encore!

5.

D'ALVIMAR.

Je reste tant que vous n'aurez pas parlé.

LAURIANE, s'asseyant, résolue.

Et tant que vous restez, je me tais.

D'ALVIMAR, après un silence, et s'irritant.

Mais vous êtes pourtant à la dernière limite du dernier délai!
Dans quelques heures, il va falloir que vous vous engagiez; sinon,
vous manquez à votre serment, vous vous ruinez, vous privez de
tout bien-être la vieillesse de votre père! Et si vous n'aimez ni
Guillaume ni Luceñay, c'est donc moi que vous choisirez?

LAURIANE.

Oh! mais je n'ai pas dit que je vous aimais, vous!

D'ALVIMAR, sombre.

Alors qui aimez-vous donc, madame?

LAURIANE, avec indignation.

Qui j'aime?

D'ALVIMAR.

Tenez, je vais aller jusqu'au fond de ma pensée... et de la vôtre.
Il y a un homme, qui dans ces derniers jours s'est placé, je ne
sais comment, entre vous et moi, un insolent que votre père a
chassé tantôt de cette maison, mais qui, même absent, me force
encore peut-être à ce que j'ose tenter en ce moment, un insensé
dont je crois bien maintenant être le maître, mais qui jusqu'ici
avait su se dérober à moi sous le nom de Jovelin, un nom de
manant!

LAURIANE.

Qu'en savez-vous?

D'ALVIMAR.

Ah! je souhaite pour lui que ce ne soit pas un nom de gentilhomme! Je souhaite pour lui, — après vous avoir appris hier qu'il
vous aime, — ne pas vous apprendre aujourd'hui que vous l'aimez!

LAURIANE.

Vous allez m'apprendre du moins à faire la différence entre le
dévouement qui s'immole et l'audace qui s'impose. Celui dont

vous parlez me disait qu'il donnerait sa vie pour me faire connaître le péril que vous me faisiez courir. Oh! prenez garde! ce
péril à présent, je le connais. Je vous connais.

D'ALVIMAR.

Ne me le dites pas trop!

LAURIANE, reculant effrayée.

Non! je n'ai pas l'intention de vous irriter! non! Mais par trois
fois je vous ai demandé, je vous ai supplié, je vous ai signifié
de sortir; vous n'attendrez pas qu'on vous fasse sortir, je pense!

D'ALVIMAR.

Et moi, Lauriane, je n'ai pas l'intention de vous offenser, soyez
sans crainte, mais j'ai voulu vous enchaîner. Et c'est pourquoi, —
s'il faut enfin vous le dire, — je me suis introduit chez vous, seul,
dans la nuit; c'est pourquoi je ne vous obéis pas; c'est pourquoi je reste. (Il s'assied.)

LAURIANE.

Mon Dieu! il avoue la trahison et le piége!

D'ALVIMAR.

Ah! au moment où j'ai dépassé cette porte, à cette heure, je me
suis dit : je suis au but. — Qui me fera sortir? Clindor? c'est lui
qui m'a fait entrer. Vos femmes? elles peuvent tout au plus appeler : qu'elles appellent. On peut venir à leurs cris : qu'on vienne.

LAURIANE.

Malheureux! oh! malheureux! — Mais mon père viendra... le
marquis...

D'ALVIMAR.

Ils seront les premiers à vous conseiller de me choisir, pour ne
pas vous compromettre plus que de raison.

LAURIANE.

Mais monsieur d'Ars... monsieur de Lucenay...

D'ALVIMAR.

Je vous engage à ne pas les exposer contre moi.

LAURIANE.

Mais...

D'ALVIMAR, se levant.

Mais penseriez-vous encore à maître Jovelin, par hasard? Ah! contre ce virtuose, — car il ne m'est prouvé gentilhomme, — l'épée me serait inutile, (touchant son stylet) ceci suffirait.

LAURIANE.

Oh!...

D'ALVIMAR.

Oh! vous avez affaire, Lauriane, à une passion violente et indomptable qui ne reculera devant rien. Je suis l'homme de ma race et de mon vouloir. Je joue avec le fer comme on joue avec l'or.

LAURIANE, se redressant fièrement.

Ah! c'est ainsi?... et votre enjeu est l'honneur et la vie d'autrui! Ah! je ne suis qu'une femme, mais, de par la reine des cieux! je ne me laisserai pas si docilement gagner ou perdre! — Vous attendez de moi, disiez-vous, un mot qui soit un serment? le voici : Je jure de choisir la solitude et la ruine — plutôt que vous.

D'ALVIMAR.

Oh! c'est plus que la solitude et plus que la ruine! — Vous allez braver, vous allez subir de mortels soupçons pour cette nuit, maintenant passée; car tenez, voici le jour qui naît! (Il étend la main vers les vitraux du fond, blanchis par le soleil levant.)

LAURIANE.

Ciel!... — Eh bien, oui, ma détresse, le danger de ceux qui m'aiment, ma honte peut-être à leurs yeux... — mais non, quand on m'aime, on meurt pour moi, on ne doute pas de moi! — bref, le commencement du malheur de toute ma vie, ce jour qui vient pourra l'éclairer, mais il ne verra pas votre triomphe et le succès de votre lâche surprise! (On entend tout à coup sur la terrasse les premières notes fermement attaquées d'une symphonie.)

D'ALVIMAR.

Qu'est cela?

MARIO, entrant vivement et se trouvant soudain debout près de Lauriane.

On parle de surprise?...

SCÈNE VI.

LES MÊMES, MARIO.

LAURIANE.

Mario!

D'ALVIMAR.

Lui!

MARIO, d'une voix émue.

Ah! monsieur d'Alvimar m'a devancé?... Il avait, en effet, laissé supposer, madame, qu'il vous gardait une surprise. Alors moi, dans ce peu de temps qui me restait, j'ai voulu aussi vous en préparer et vous en offrir une : cette aubade qui, au commencement de ce jour, vous souhaite espérance et joie!

LAURIANE.

Tu étais donc là?...

MARIO.

Oui, j'ai veillé, on a veillé, Lauriane! On peut venir, qu'on vienne! on trouvera près de vous, avec monsieur d'Alvimar... et moi, Jovelin et tout son orchestre. (Le vitrage du fond s'ouvre, laissant voir la terrasse, et, sur une estrade, tout un orchestre conduit par Jovelin.)

D'ALVIMAR, hors de lui.

Ah! je serais joué par un enfant, moi! (Il s'élance, son stylet à demi tiré. Lauriane jette un cri et lui saisit le bras. L'arme tombe à terre. Jovelin, d'un bond, est près de l'enfant, en s'écriant : Mario!)

MARIO, ramassant vivement le stylet.

J'ai le poignard!

SCÈNE VII.

LES MÊMES, JOVELIN. Il a au côté l'épée.

D'ALVIMAR, dont le regard a quitté Mario pour s'attacher furieux à Jovelin.

Je vous croyais loin, mon maître. N'êtes-vous point celui à qui monsieur de Beuvre a enjoint hier, en ma présence, d'avoir à quitter ce château sur l'heure ?

JOVELIN.

J'avais mes raisons pour respecter monsieur de Beuvre ; j'en avais d'autres pour ne pas m'éloigner d'ici.

D'ALVIMAR.

Ah ! oui, votre aubade à livrer !

JOVELIN.

Et puis une infamie à prévenir. C'est fait.

D'ALVIMAR.

Mais ce n'est pas payé, peut-être ?

JOVELIN.

En effet, l'infâme est démasqué et déjoué ; mais il n'est pas châtié encore.

D'ALVIMAR.

Faut-il que je me charge de régler le compte avec le plat de cette épée ?

JOVELIN.

Vous risqueriez de rencontrer d'abord la pointe de celle-ci.

D'ALVIMAR.

Une épée, à vous ! Je croyais qu'un ménétrier n'avait pour arme qu'un archet.

JOVELIN.

Excepté quand le ménétrier est noble.

MARIO, bas.

Prends garde !

D'ALVIMAR.

Vous êtes noble ?

JOVELIN.

Pour le moins autant que vous.

D'ALVIMAR.

Vous ne vous appelez pas Jovelin, alors ?

JOVELIN.

Je m'appelle Giovellino des Giovellini, je suis né seigneur à Florence.

D'ALVIMAR.

Ce nom-là ne m'est pas inconnu, et j'ai dû le lire récemment quelque part. Mais je voudrais être sûr que c'est le vôtre.

LAURIANE, bas à Jovelin.

Prenez garde! oh! prenez garde!

JOVELIN.

Pardon, madame! c'est maintenant l'heure où chacun se révèle. Monsieur d'Alvimar vous a laissé voir ce qu'il est; je tiens à lui apprendre qui je suis. Il s'est montré capable de vous insulter, je dois lui justifier mon droit de le punir.

D'ALVIMAR.

La preuve que vous êtes ce que vous avez dit, je l'attends.

JOVELIN.

La preuve que l'homme qui vous parle est Giovellino? la preuve que je suis noble et seigneur? la preuve?... eh bien, c'est que je suis banni, fugitif, et condamné à mort par contumace au tribunal de l'Inquisition. Ah! ces derniers titres-là vous font-ils accepter les autres? me reconnaissez-vous à présent? est-ce bien là ce que vous avez lu? est-ce conforme à vos notes secrètes? Le condamné est-il un de vos pairs et justiciers, monsieur le comte? et la hache du bourreau qui est sur ma tête vous permettra-t-elle de choquer l'épée qui est à mon côté?

D'ALVIMAR.

Oui, oui! je vous tiens pour tout ce que vous venez de vous avouer. Oui, je veux bien vous rendre raison comme gentilhomme, mais comme serviteur du roi, je dois faire de vous justice.

LAURIANE.

Il est perdu!

D'ALVIMAR.

Il s'est livré! Je vais chercher ces preuves qui vous condamnent.

Attendez-moi, ou plutôt... — dites que je ne suis pas généreux!
— je vous conseille de ne pas m'attendre.

JOVELIN.

Mais je vous jure, moi, que je vous attendrai. (Sort d'Alvimar,)

SCÈNE VIII.

LAURIANE, JOVELIN, MARIO.

LAURIANE.

Non, non, fuyez! ce méchant sera sans merci.

JOVELIN.

C'est à lui d'avoir peur et de fuir, et non à moi.

MARIO.

Eh bien, reste. Mais il ne faut pas qu'il te trouve sans défense
et sans soutien! (Il sort en courant.)

LAURIANE.

Jovelin, partez! ah! le mieux serait de partir! Me voilà sauvée
grâce à vous; ne vous perdez pas pour moi!

JOVELIN.

Oh! je suis si heureux, Lauriane! ma vie, ma triste vie a pu
être bonne à quelque chose. Elle vaut si peu, et elle a servi à
défendre et à protéger de si précieux trésors : votre honneur et
votre avenir!

LAURIANE.

Oui, vous m'avez gardée, ami, vous m'avez sauvée! simplement,
spirituellement, en poëte que vous êtes, avec une mélodie sous ma
croisée! soyez remercié, soyez béni! Mais votre existence est bien
d'un aussi grand prix que mon salut, et je ne veux pas, — entendez-vous, — je ne veux pas que vous l'exposiez davantage!

JOVELIN.

Oh! Lauriane, vous jeune, charmante, heureuse et fêtée, vous ne vous doutez pas de ce que c'est que la vie sans espérance ; cela ressemble beaucoup à la mort, je vous assure. Vous venez d'entendre que je suis un banni et un condamné. Je n'ai plus ni biens, ni patrie, ni famille. Et l'homme épuisé de luttes, vaincu, brisé qui est devant vous n'a plus guère d'intérêt ni de raison d'être en ce monde.

LAURIANE.

Eh ! qu'importe la destinée la plus cruelle, si le cœur est content ! qu'importe aussi la destinée la plus radieuse, si le cœur est vide ! — Vous trouvez que moi je suis bien heureuse ?... Vous souvenez-vous du jour de mon arrivée dans ce château ?

JOVELIN.

Oh ! oui.

LAURIANE.

Vous rappelez-vous ce que me dit alors mon père ?

JOVELIN.

Je me le rappelle.

LAURIANE.

Il me félicita, lui aussi, de ce que j'avais le choix entre tous les bonheurs et les dons qu'on envie. Et en effet, ce matin, tout à l'heure, on va venir chercher ma décision, et, pour m'assurer une de ces brillantes destinées, je n'ai qu'un mot à dire... Seulement le marquis est un vieillard, Mario un enfant, monsieur d'Ars et monsieur de Lucenay ne me comprennent guère, et j'ai en mépris et en horreur monsieur d'Alvimar. Enfin, je puis être, selon votre dire, la femme la plus heureuse... à cela près que je n'aimerai pas et que je ne serai pas aimée.

JOVELIN.

Lauriane !...

LAURIANE.

Et cependant, voyez, au jour dont je parle, j'aurais peut-être accepté indifféremment un de ces bonheurs extérieurs qu'on admire. Je m'inquiétais déjà, mais j'ignorais encore, et mon propre cœur m'était inconnu. Mais quelqu'un est venu, qui a fait résonner dans ce cœur je ne sais quoi de doux et de grand que je n'y soupçonnais pas, et qui dormait là inutile. Il a réveillé ma tendresse, ma passion, mon instinct consolateur, — mon âme. Il m'a enseigné — en se taisant — le véritable nom de l'amour, qui est dévouement, abnégation, sacrifice. En me disant, pour pouvoir me sauver : je ne vous aime pas ! — il m'a appris comment il faut qu'on aime.

JOVELIN.

Dieu ! que me faites-vous entrevoir ?...

LAURIANE.

Alors j'ai compris que notre bonheur n'est pas en dehors de nous, mais en nous, et que la preuve qu'on est riche n'est pas de recevoir, mais de donner. J'ai compris que ce qui devait m'attirer et me conquérir, ce n'était pas la plus grande fortune, le plus beau titre ou le plus vieux nom, mais le cœur le plus déchiré. J'ai compris... j'ai compris, Jovelin, que je vous aime.

JOVELIN.

Vous ! oh ! mais songez donc ! je suis errant, seul, ruiné, hors la loi !

LAURIANE.

Tant mieux ! eh ! tant mieux ! c'est ce qui me tente ! Je vous aime justement pour vos luttes, pour vos peines, pour toutes vos tortures passées. Plus vous êtes seul, plus vous avez besoin que je sois avec vous ; plus vous êtes malheureux, plus il faut que je vous aime. C'est à vous que je suis le plus nécessaire, c'est donc pour vous que je vaux le plus. Que me parle-t-on de ce qu'on peut m'offrir ! ah ! le cœur s'enrichit surtout de ce qu'il dépense ! Et quelle joie, quelle fierté dans cet amour qui demande à l'âme tous ses trésors, dans ce pieux et doux amour qui va être la fortune du déshérité, la guérison du blessé, la victoire du vaincu !

JOVELIN, tombant à ses pieds.

Lauriane ! c'est trop ! Je ne suis pas fait au bonheur, je n'ai l'habitude que de la souffrance.

LAURIANE, lui posant la main sur le front.

Oh ! je t'en déshabituerai bien ! Ose dire encore que tu souf-

fres : je t'aime ! que tu es pauvre, exilé, condamné : je te choisis !
que tu n'as plus d'espérance en ce monde : je te donne ma vie !

JOVELIN, se relevant.

Lauriane ! ô mon rêve et mon âme ! ange et fée ! Ah ! c'est vrai,
j'osais vous aimer, vous aimer de cet amour hardi que j'avais déjà
porté à la Vérité, mais je n'aurais jamais osé le dire à vous, ni
peut être à moi-même. Et c'est vous qui me le dites ! vous ! Oh !
oui, maintenant je suis heureux, je suis fier, je suis libre ! J'oublie
et j'espère. D'un mot, d'un geste vous avez changé ma douleur en
ivresse. Et tout ce qui pesait là si lourd sur mon front, fatigues,
deuils, regrets, soucis, tout l'écrasant fardeau, votre petite main,
Lauriane, vient de l'enlever avec une caresse.

LAURIANE.

Merci !... — Oh ! mais je ne me souvenais de rien. Voici qu'on
vient ! Pour vous arrêter peut-être.

JOVELIN.

Qu'on vienne ! allez ! votre chevalier n'a rien à craindre, Lauriane ! Il est sauvé, puisqu'il est aimé !

SCÈNE IX.

LES MÊMES, D'ALVIMAR, DE BEUVRE, GUILLAUME, DE LUCENAY, puis BOIS-DORÉ et MARIO.

D'ALVIMAR.

Monsieur le lieutenant du Berry, vous avez entre les mains les
pièces et les preuves, et voici, de son aveu, le condamné Giovellino. — Au nom de la reine-régente, cet homme est votre prisonnier.

BOIS-DORÉ, entrant, suivi de Mario.

Pardon, monsieur ! vous êtes chez moi ; c'est donc, s'il vous
plaît, chez moi que messire Giovellino sera prisonnier sur parole.

JOVELIN.

Prisonnier! soit! Est-ce que monsieur d'Alvimar en va profiter pour oublier qu'il m'a pour adversaire?

D'ALVIMAR.

Non pas, vraiment!—Voilà monsieur Guillaume d'Ars qui veut bien être mon témoin. Où est le vôtre?

BOIS-DORÉ, allant à Jovelin.

Daignerez-vous me faire l'honneur, monsieur, de m'accepter pour votre second?

FIN DU QUATRIÈME ACTE.

ACTE CINQUIÈME

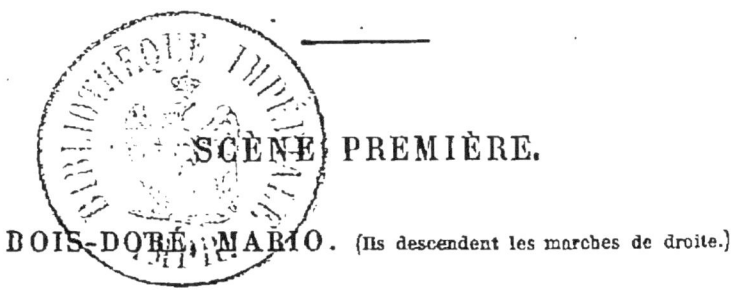

SCÈNE PREMIÈRE.

BOIS-DORÉ, MARIO. (Ils descendent les marches de droite.)

BOIS-DORÉ.

...Tu vois, mon enfant, qu'il y a une providence ; tu verras qu'il y a aussi une justice. Pose cette arme funeste bien en vue, sur la table de pierre.

MARIO.

Sur ce coussin.

BOIS-DORÉ, comparant les deux poignards.

C'est cela ; elle attirera forcément ses regards. Le poignard dont tu t'es emparé hier est un peu plus petit que celui... dont la vue m'est si cruelle. Mais c'est bien le même chiffre S.-A. C'est bien la même devise. Ton cœur, cher Mario, avait vu clair tout de suite. Et cependant ne faudra-t-il pas encore que ce d'Alvimar se trahisse et dénonce lui-même son nom et son crime, pour juger, pour condamner, pour frapper ?

MARIO.

Père, vous êtes sûr, n'est-ce pas, de l'issue du duel ? Jovelin est homme d'étude plus que de combat. Et n'ai-je pas vu, il y a deux jours, dans cette salle où nous sommes, l'autre, le meurtrier, vous atteindre et vous marteler à tout coup de son fleuret. Dieu du ciel! j'en frissonne encore!

BOIS-DORÉ.

Sois tranquille, Mario! ton ami Jovelin ne court aucun danger. Et même, — retiens bien ce que je vais te dire, — ce serait moi, le vieillard, moi le vaincu de l'autre jour que menacerait l'épée de ce d'Alvimar, tu n'en devrais pas concevoir plus d'inquiétude.

MARIO.

Oh! mais ce n'est pas vous! c'est Jovelin, qui est du moins jeune et alerte...

BOIS-DORÉ, souriant.

Sans doute; seulement, vois-tu, pour le scélérat le plus endurci, la partie est bien différente, de faire parade d'adresse et de ruse avec un fer émoussé, ou de jouer sa vie à l'encontre d'une épée loyale sous le regard qu'un honnête homme a dans les yeux. Encore une fois, Mario, au lieu d'être le témoin de Jovelin, je serais l'adversaire de d'Alvimar, tu n'aurais toujours rien à craindre, et je te répète que c'est la conscience ferme qui fait la main assurée.

MARIO.

Mon Dieu! pourquoi me le répétez-vous? Pourquoi avez-vous dit à Jovelin que le rendez-vous était pour onze heures, et à monsieur d'Alvimar qu'il eût à venir ici à dix?

BOIS-DORÉ.

Eh! n'ai-je pas à l'éprouver et à le confondre avant l'arrivée de son adversaire?

MARIO.

Oh! il est si audacieux et si insolent! je ne sais pas pourquoi je tremble.

BOIS-DORÉ.

Mais quand le moment viendra, tu sentiras l'âme de ton père avec nous et tu ne trembleras plus.

SCÈNE II.

BOIS-DORÉ, MARIO, D'ALVIMAR, GUILLAUME.

Ils se saluent avec gravité.

D'ALVIMAR.

Je ne vois pas ici celui que j'attendais, et je vois quelqu'un que je n'attendais pas.

BOIS-DORÉ.

Jovelin va venir, et Mario se retirera. — Veuillez vous asseoir. (Ils prennent place près de la table; Mario reste debout à côté de Bois-Doré.) Nous n'avons pas parlé, Guillaume, du mode de combat. Il va sans dire que l'arme est l'épée; mais peut-être M. d'Alvimar y voudra joindre la dague, ainsi que c'était l'usage à la cour dans le temps de ma jeunesse... — Vous me semblez préoccupé, monsieur, qu'avez-vous?

D'ALVIMAR.

Rien; seulement vous parlez de poignard, et voici là, ce me semble, le mien, que j'ai laissé, je crois, tomber chez madame Lauriane. (Mario serre à la dérobée la main de Bois-Doré.)

BOIS-DORÉ.

Vous vous abusez, monsieur; cette dague n'est pas la vôtre. Voyez-la de plus près.

D'ALVIMAR regarde le poignard, tressaille, et se détourne.

En effet, je vous demande excuse, ce n'est point ce que je croyais, je me suis trompé.

BOIS-DORÉ.

Pardonnez-moi, mais vous avez paru reconnaître cette arme, et je dois insister là-dessus. Pourriez-vous me renseigner sur la devise et les initiales qui sont gravées sur la lame? Veuillez la regarder encore.

D'ALVIMAR.

Inutile, monsieur le marquis, je ne connais pas cette arme.

BOIS-DORÉ.

Éprouveriez-vous de la répugnance à vous en assurer ?

D'ALVIMAR.

De la répugnance ! que signifie ?...

BOIS-DORÉ.

Oh ! vous pourriez reconnaître ce poignard pour avoir appartenu à quelqu'un dont vous rougissez d'être le compatriote, et dont vous me diriez pourtant le nom, si j'invoquais votre loyauté.

GUILLAUME.

Au fait, qu'est-ce qu'il vous coûte de l'examiner, d'Alvimar ?

D'ALVIMAR.

Allons ! soit ! (Il prend le poignard et le considère avec sang froid.) Ceci est de fabrique espagnole. Arme très-usitée chez nous. Il n'est personne de noble ou seulement de libre condition qui n'en porte une semblable en sa ceinture ou en sa manche. La devise est une des plus banales et des plus répandues : *Je sers Dieu,* ou : *Je sers l'honneur,* voilà ce qu'on lit sur la plupart de nos armes, que ce soient rapières, pistolets ou coutelas.

BOIS-DORÉ.

Fort bien ; mais ces deux lettres S.-A. semblent un chiffre particulier.

D'ALVIMAR.

Vous pourriez les trouver sur mes propres armes, aussi bien que cette devise ; ce sont... les marques de la fabrique de Salamanque.

BOIS-DORÉ.

Voyez donc ! moi qui soupçonnais que c'était la première et la dernière lettre du nom de Sciarra.

D'ALVIMAR, fronçant le sourcil.

Vous avez dit Sciarra ?

BOIS-DORÉ.

Sciarra; oui. — On a l'habitude en Espagne de porter plusieurs noms; serait-ce celui de quelqu'un de vos amis ou de vos proches?

D'ALVIMAR.

Eh! quand cela serait? après?

BOIS-DORÉ, se levant.

Après?... Cet ami ou ce parent, alors, quel est-il?... quel est-il?

D'ALVIMAR.

Mais... mais enfin, pourquoi m'interrogez-vous ainsi? pourquoi?

BOIS-DORÉ.

Je pourrais vous demander pourquoi vous hésitez à me répondre. Mais je vais m'expliquer. Sachez-le, monsieur, cette arme maudite est celle qui a tué mon frère.

GUILLAUME.

Votre frère!

BOIS-DORÉ.

Oui, Guillaume. — Et quand j'aurai découvert à qui elle appartient, je connaîtrai le lâche meurtrier, et je vengerai le meurtre infâme!

D'ALVIMAR, se levant, hors de lui.

Lâche! infâme!... Vous en avez menti, monsieur! vous en avez menti!

MARIO

Ah! enfin!

BOIS-DORÉ, étendant la main vers le poignard.

Malheureux! c'est donc toi!

GUILLAUME.

Marquis!

6

BOIS-DORÉ, à Guillaume.

Ne craignez rien! nous ne sommes point des assassins nous autres.

D'ALVIMAR.

Assassin!... ah! vous me rendrez raison de toutes ces insultes! Voilà assez longtemps que je me tais et que je me cache! et j'ai coutume de ne reculer devant mes actions ni avant ni après. — Oui, dans un duel, j'ai tué votre frère, mais qui osera dire que je l'ai assassiné?

MARIO.

Moi! est-ce que je n'étais pas là? Devant moi osez mentir, vous!

D'ALVIMAR.

Non! je ne mentirai pas devant un enfant! devant un muet je ne mentirais pas! Je dirai comme les choses se sont passées.

GUILLAUME.

Oui, justifiez-vous! justifiez-vous!

D'ALVIMAR.

D'abord, la cause du duel. — Un huguenot avait épousé, en secret et malgré nous, ma sœur de mère. J'étais le seul homme de la famille, et bon catholique. J'ai provoqué le huguenot.

BOIS-DORÉ.

Ajoutez — que toute la fortune revenait par son père à votre sœur, que votre mère a dû hériter de sa fille, et que vous avez dû hériter de votre mère. Voilà, en effet, la cause du duel. Poursuivez, monsieur, poursuivez.

D'ALVIMAR, frappant du pied.

J'ai provoqué le huguenot, parce qu'il était huguenot! — Je l'ai averti que ce serait un duel à mort. Nous nous sommes battus à l'épée. J'avais mon poignard, et je pense qu'il avait le sien... (Mouvement de Mario.) — Oh! vous allez voir que je ne vais rien atténuer! — Son épée s'est brisée, j'ai jeté la mienne. J'ai tiré ma dague, comme il eût pu le faire aussi; et je l'ai tué, comme je l'en avais prévenu.

GUILLAUME, avec indignation.

Vous avez fait cela, monsieur !

D'ALVIMAR.

Oui, de par Dieu ! et je le ferais encore ! qu'a-t-on à me dire ? Je n'ai pas été pitoyable et grand ? non ! et je n'ai pas été tenté de l'être ! — Deux ennemis, armés tous deux, s'engagent dans un combat sans merci ; le hasard s'en mêle, le pied tourne à l'un, ou son épée se brise ; tant pis pour lui ! tant mieux pour l'autre ! je suis allé jusqu'au bout de mon droit, voilà tout, et encore une fois, je vous permets de penser que je n'ai pas été magnanime.

BOIS-DORÉ.

Mais si. moi, je pense et si je répète que vous avez été lâche et infâme !

D'ALVIMAR.

Monsieur !... (Se maîtrisant.) j'attends ici un adversaire plus jeune et plus redoutable que vous, et je commence à trouver qu'il se fait trop attendre !

BOIS-DORÉ.

Ah ! voilà ! c'est que j'ai dit à vous dix heures, mais à lui onze. J'avais calculé qu'il me fallait bien pour moi une heure.

GUILLAUME.

Mon ami !...

BOIS-DORÉ.

Laissez, Guillaume, nous allons nous entendre, monsieur et moi. Oh ! tranquillement, les bras croisés, sans bruit, sans cris, sans phrases. (A d'Alvimar, tout près, face à face, à demi-voix, entre les dents.) Vous disiez, monsieur, que Jovelin est plus jeune que moi ? Assurément ! assurément ! mais plus redoutable pour vous, non pas ! non ! — et, entre nous, vous le savez fort bien, cela se voit, tenez, à la contraction de vos muscles, au frémissement de votre visage. Ainsi, point de feinte générosité, n'est-ce pas ? on y verrait trop aisément la peur déguisée, et il est évident que c'est avec moi qu'est votre engagement terrible. Dam! vous m'avez tué mon frère à moi, monsieur, soyons justes! Cette dette-là, je crois, est plus criante et plus implacable que n'importe quelle autre; il faut donc prendre votre parti de la payer la première. — Quant à empêcher ce vaillant jeune homme de vous déjouer et de vous provoquer, il avait aussi sa tâche à remplir et un autre masque à vous arracher; il l'a fait, j'ai dû le laisser faire. — Mais vous m'appartenez avant de lui appartenir, et je vous veux, et je vous réclame! — Allons! maintenant, c'est compris, c'est dit, je pense? Vous avez au moins la bravoure de votre crime? Il ne sera pas nécessaire que je vous appelle misérable, ou que je vous soufflette dé ce gant? Non, vous me devez une petite revanche de l'autre jour. (Terrible, tirant son épée.) Eh bien, nous allons faire des armes avec nos épées.

D'ALVIMAR.

Soit! — quand il vous plaira, je suis à vos ordres.

GUILLAUME.

Marquis! ce serait à moi!...

BOIS-DORÉ.

Pas un mot, Guillaume! Je vous prie seulement de vouloir bien servir de témoin à Monsieur.

D'ALVIMAR.

Mais vous, monsieur, le vôtre?

BOIS-DORÉ, posant sa main sur l'épaule de Mario.

Eh! pourquoi donc aurais-je dit à cet enfant de rester? Mon témoin, le voici.

MARIO.

Me voici.

BOIS-DORÉ.

Eh bien! quand je te le disais que tu ne tremblerais pas!

MARIO.

Non, mon père. (Il dégrafe à Bois-Doré son manteau. Guillaume en fait autant à d'Alvimar.)

BOIS-DORÉ.

Êtes-vous prêt, monsieur?

D'ALVIMAR.

Allons ! (Ils engagent le fer. Après quelques passes, l'épée de d'Alvimar se brise.) Ah !

BOIS-DORÉ.

. Deux ennemis acharnés en viennent à un combat sans merci. L'épée de l'un se brise ; tant pis pour lui ! tant mieux pour l'autre ! L'autre a pleinement le droit de le tuer, et n'est pas tenu d'être magnanime.

D'ALVIMAR.

C'est juste ! frappez !

BOIS-DORÉ, lui présentant son épée par la poignée.

Veuillez accepter ma propre épée. Monsieur d'Ars va me prêter la sienne.

D'ALVIMAR.

Oh ! non ! non ! Il est impossible alors que ce combat continue ! Vous me donnez la vie, est-ce que je pourrais vous la prendre?

BOIS-DORÉ.

Ah ! vous n'allez pas reculer à présent ! Est-ce que je peux, moi, laisser le meurtre impuni !

D'ALVIMAR.

Si c'est impossible, frappez !

BOIS-DORÉ.

Mais vous avez donc peur, dites?...

D'ALVIMAR.

Peut-être... Oh ! vous pouvez m'insulter, je ne me battrai jamais contre vous.

SCÈNE III.

Les Mêmes, JOVELIN, DE LUCENAY.

JOVELIN.

Mais vous vous battrez contre moi, j'espère !

D'ALVIMAR.

Oh ! pour cela, oui ! Quand je vous accepte pour adversaire, vous proscrit, vous êtes mon obligé.

DE LUCENAY.

Détrompez-vous, monsieur; à l'heure qu'il est, le proscrit, c'est vous. Je reçois à l'instant de Paris des nouvelles : Concini a été tué dans le Louvre, par ordre du roi ; tous les siens sont mis en accusation, et monsieur d'Albert de Luynes est premier ministre.

D'ALVIMAR, avec rage.

Tout m'échappe et s'écroule donc à la fois ! fortune, ambition, amour, honneur ! (A Jovelin.) Ah ! c'est vous qui paierez pour tout cela !

JOVELIN.

Allons !

BOIS-DORÉ.

Jovelin ! non ! je ne veux pas...

JOVELIN.

Oh ! monsieur le marquis, je vous supplie...

BOIS-DORÉ, avec effort.

Eh bien... puisqu'il le faut, puisqu'il m'est impossible de faire moi-même justice, va, jeune homme, va ; je te donne, avec mon droit, cette épée qui a brisé la sienne. (Il lui remet son épée.)

JOVELIN.

Merci ! (A d'Alvimar.) Je suis à vous, monsieur.

D'ALVIMAR, avec un rire triomphant.

Oui, à moi ! (Ils ont tous deux la main sur leur épée.)

LA VOIX DE LAURIANE, entendue au loin dans le château.

Laissez, mon père !...

BOIS-DORÉ.

Lauriane !

GUILLAUME.

Plus loin, messieurs.

JOVELIN, en s'éloignant, tourné vers la porte du château.

Ah ! l'un de nous ne la reverra pas.

D'ALVIMAR, ricanant.

Peut-être ni l'un ni l'autre. (Tous sortent, moins Bois-Doré et Mario. On entend dans le bois le cliquetis des épées.)

SCÈNE IV.

LES MÊMES, LAURIANE, DE BEUVRE.

LAURIANE, entrant précipitamment.

Mon père ! laissez !... Ah ! il est parti, n'est-ce pas ? parti pour se battre ! avec un adversaire implacable, effrayant, mortel ! Et ma vie à présent dépend de sa vie ! (Le bruit des épées a cessé. Jovelin paraît, suivi de Lucenay.) Ah !... lui !... c'est lui !

BOIS-DORÉ.

Monsieur d'Alvimar ?...

JOVELIN.

Sa mort a été comme un suicide. Dans sa fureur, il s'est lui-même jeté sur mon épée tendue. — Je puis dire qu'il n'y a pas de sang à cette main, Lauriane.

LAURIANE.

Mettez-la donc dans la mienne. — Je demandais à mon cœur : qui faut-il choisir ? est-ce le plus noble, le plus riche ou le plus puissant ? Et mon cœur m'a répondu : c'est celui qui a le plus souffert !

FIN.

POISSY. — TYP. ET STÉR. DE A. BOURET

10

www.ingramcontent.com/pod-product-compliance
Lightning Source LLC
Chambersburg PA
CBHW070745280626
47162CB00017B/2376